KB066445

미래를 여는 지혜

미래를 여는 지혜

중국 고전을 통해 배우는 삶의 지혜 101가지

신현운 엮음

초판 1쇄 발행 | 2005년 09월 05일
초판 2쇄 발행 | 2009년 11월 30일

엮은이 | 신현운
펴낸곳 | 연인M&B
디자인 | 이희정
기　획 | 여인화
등　록 | 2000년 3월 7일 제2-3037호
주　소 | 143-874 서울특별시 광진구 자양동 680-25호(2층)
전　화 | (02)455-3987　팩스 | (02)3437-5975
홈주소 | www.yeoninmb.co.kr
이메일 | yeonin7@hanmail.net

값 10,000원

ⓒ 신현운 2009 Printed in Korea

ISBN 89-89154-50-2　03810

인생의 성공을 위한

미래를 여는 지혜

중국 고전을 통해 배우는 삶의 지혜 101가지

신현운 엮음

중국의 고전은 격렬한 변화 속에서 인간이 그 변화의 시대를 살아내기 위한 하나의 과정의 역사라 할 것입니다. 그런 변혁 속에서도 슬기롭고 지혜롭게 그 변화 환경에 적응하며 유연하게 대응해 나갔던 것은 크게 보면 그들만의 삶의 '지혜'로 집약할 수 있다 하겠습니다.

중국의 고전은 여러 분야에서 우리에게 특히 인간 처세에 있어서 유연하게 대처할 수 있는 삶의 '지혜'를 가르치고 있습니다.

지금의 물질만능 시대, 지혜보다는 지식만이 더 이해되는 그런 시대를 살아가는 현세를 보면서 진정한 인생의 성공을 위한 삶의 '지혜'가 무엇일까 고민하게 되어 이 책을 엮게 되었습니다.

성공이란 꼭 물질적인 성공만을 의미하는 것은 아닙니다. 한 생을 살면서 성공하기란 결코 쉬운 것도 물론 아니겠지만 원하는 목표를 하나하나 채워나가는 것, 어느 분야에서건 제 위치에서 작은 것에서부터 큰 것에 이르기까지 성공이란 결국 궁극적인 인생의 행복과도 같은 것이 아닌가 생각합니다.

이 책은 살아가면서 지침이 될 만한 삶의 지혜, 용기, 사랑, 교훈 등을 사마천의 『사기』에서 정리해 보았습니다. 2천여 년이 지난 지금도 사마천의 『사기』는 고대나 현대를 불문하고 인간 사회의 모든 것이 집약되어 있다고 봅니다.

진정으로 인생에서 성공한다는 것은 작은 것에서 시작된다고 봅니다. 미흡하나마 그 작은 시작이 될 수 있는 책으로 남았으면 합니다. 진정한 인생의 성공을 위한…….

2005년 8월
신현운

| 차례 |

001··
우리도 왕이 될 수 있다

*陳涉世家

'우리도 왕이 될 수 있다.'

이 말은 진(秦)나라 타도의 깃발을 들고일어났을 때 진승(陳勝)이 한 말이다.

국경 경비에 징발되어서 끌려가던 900여 명의 농민들이 큰 비를 만나서 길이 끊어졌기 때문에 더 나갈 수가 없게 되었다. 정해진 기한까지 목적지에 도착하지 못하면 목이 잘리게 되어 있었다.

진승은 이때 일행 중의 오광(吳廣)에게

"모두 목이 잘려서 죽던가 혹시 목은 잘리지 않더라도 어쨌든 살아서 돌아가기는 다 틀린 일이다. 이래 죽으나 저래 죽으나 어차피 죽게 될 바에야 우리 모두 반란이나 한 번 일으켜 보는 것이 어떻겠는가?"

이렇게 해서 합의를 보자 그는 '왕후장상영유종호(王侯將相寧有種乎; 왕후장상이 어찌 씨가 있단 말이냐)'라는 명문구(名文句)를 남기고 있다. 그러니 우리들이라고 해서 못할 게 뭐냐는 말이다.

002··
부하도 칭찬하고 저 자신도 자랑하고

* 前漢

유방(劉邦)은 항우(項羽)를 멸망시키고 황제가 된 뒤에 술잔치를 베푼 자리에서 제후(諸侯)들과 장수들에게 이렇게 물었다.

"내가 천하를 얻게 되고 항우는 얻지 못하게 된 것은 무슨 까닭이라고 생각하는가?"

이때 이렇게 대답한 자가 있었다.

"솔직히 말씀하자면 폐하는 오만하시지만 항우는 인간미가 있었습니다. 그러나 폐하께서는 전과를 아낌없이 고르게 나누어 주시고 독차지하지 않으셨습니다. 항우는 시기심이 강한 데다가 욕심이 많아서 전과도 공적도 모두다 저혼자서 독차지해 버렸습니다."

그러자 유방은

"그것은 하나만 알고 둘은 모르는 말일세. 전략을 세우는 능력에서는 나는 장량(張良)에게 미치지 못하고 또 내정을 정비하는 능력으로는 나는 숙하(蕭何)를 당하지 못하며 군사를 지휘하는 능력도 역시 나는 한신(韓信)만 못했었네. 이 세 사람은 천하에 드문 걸출들이었다네. 다만 나는 이 세 사람을 부릴 수가 있었던 것이네. 그렇기 때문에 내가 천하를 얻게 된 것이지. 항우에게도 범증(范增)이라는 유능한 걸출을 휘하에 두고는 있었지만 그는 이 한 사람마저도 제대로 부려먹지를 못했거든. 그래서 그는 패망하고 말았던 것이야."

 과연 이 지적은 예리하다. 유방에게는 후덕한 인심과 함께 사람을 끌어당겨서 마음대로 움직이는 놀라운 능력이 있었고 그런 한편으로는 공신을 숙청하는 냉혹함도 함께 지니고 있었다. 그렇기 때문에 그는 천하를 얻었을 뿐만 아니라 또 그것을 보전할 수도 있었던 것이다.

 그리고 그는 위에서 본 것처럼 부하도 칭찬하면서 저 자신도 교묘하게 자랑하고 있었던 것이다.

003 ··
이상적인 지도자상

*三皇五帝

중국의 삼황(三皇)에 이어 신화시대에 나타나는 것이 다음과 같이 황제(黃帝)를 비롯한 오제(五帝)가 있다.

황제(黃帝)―전욱(顓頊)―제곡(帝嚳)―요(堯)―순(舜)

요(堯)까지는 직계이고 순(舜)은 방계이지만 역시 황제(黃帝)의 혈통이며 모두다 덕이 높은 제왕들인데 그중에서도 요(堯) 임금에 대해서는 일화가 많아서 제왕학의 교본처럼 되어 있다. 이 이야기는 그의 덕을 기려서 그 전기의 첫머리에 기록되어 있는 말이다.

인(仁)이느니 천(天)이느니 하면 과연 그럴 듯하다는 인상을 받게 하는 것이지만 이 말 가운데에는 지도자로서의 갖추어야 할 조건을 모두 내포하고 있다 하여도 좋을 것이다.

_ 편협되지 않은 애정과 인간적인 넉넉한 마음을 갖는다.
_ 접하는 자에게는 태양과 같은 따사로움을 느끼게 한다.
_ 매사를 꿰뚫어 보고 올바르게 판단하는 지능을 갖는다.
_ 멀리 떨어져 있는 자에게는 비구름과 같은 혜택을 준다.

004 ···
작은 결점 때문에 큰 장점을 버려서는 안 된다

* 春秋戰國 · 衛

　우리는 상대의 결점만 보아서는 안 된다. 그 장점을 찾아
내어서 그것을 살리는 것이 서로를 위하여 좋은 일이 아니
겠는가.

　공자(孔子)의 손자가 되는 자은(子恩)은 위(衛)에서 몸담
고 있었는데 그가 어느 때 구섭(苟燮)이라는 인물을 위후
(衛候)에게 추천하였다.

　"구섭을 장군으로 등용하시는 것이 어떻겠습니까?"

　그러나 위후는 고개를 가로저으면서

　"그 사람은 지방관으로 있을 때에 백성들로부터 계란 두
개를 받아먹은 일이 있었으니 등용은 곤란하구만."

　이에 대해서 자은은 이렇게 말하였다는 것이다.

　"명군의 사람 쓰는 법은 목수가 목재를 다루는 것처럼 좋
은 데는 살리고 나쁜 데는 도려내면 되는 것입니다. 큰 나
무에 약간의 흠이 있다고 해서 큰 나무 전체를 버리는 어리
석은 일은 하지 않는 것입니다. 이 전국(戰國)시대에 겨우
계란 두 개를 받아먹은 일로 해서 나라를 지킬 귀중한 인재
를 버려서야 되겠습니까?"

* 後漢

한(漢)대에는 군현(郡縣)의 위에 주(州)가 있었고 그 장관을 자사(刺使)라고 하였다. 2세기의 중간쯤에는 전국에 주가 13개, 군이 105개, 현이 1,180개가 있었다.

그런데 기주(冀州; 하북성(河北省)의 남부)의 자사로 있던 소장(蘇章)이 어느 때 청하군(淸河郡)으로 시찰을 갔다. 청하군의 태수는 소장의 옛 친구로서 그를 맞이하여 술잔치를 마련하고 환대하였는데 그 자리에서 태수가 말하였다.

"누구에게나 하늘은 하나밖에 없지만 나에겐 둘이 있다네."

이것만으로는 무슨 뜻인지 알 수가 없겠지만 사실은 대단히 의미심장한 이야기였다.

즉 보통사람에게는 저를 보호해 주는 하늘이 하나뿐이지만 저에게는 그런 하늘 외에 높은 지위에 있는 친구라는 하늘이 또 하나 더 있다는 말이었다. 잘 보살펴 달라는 뜻이기도 하였던 것이다.

중국에서는 전통적으로 이런 간접화법을 잘 썼다. 그런데 이 말을 들은 소장은 정색을 하고

"지금 나는 자네 친구로서 술을 나누고는 있네만, 내일은
기주 자사로서 자네를 조사할 것일세. 공사를 혼동하지 말
게나."
 다음날 소장은 그 태수가 뇌물을 받아먹은 사실을 알고는
체포해 버렸던 것이다.

영원한 권력은 없다

* 東晋

중국의 역대 왕조의 황제들은 상상을 초월하는 권력을 갖고 있었지만 그만큼 반대로 또 왕조의 부침(浮沈)도 격심하여서 어떤 의미에서는 허무한 존재이기도 하였다.

'세상에 어찌 만년 천자가 있으랴?' 라는 말도 이러한 군왕의 심경을 나타냄과 동시에 영원히 지속되는 권력은 없다는 의미로도 쓰이는 말이었다.

동진(東晋)의 효무제(孝武帝)는 사현(謝玄) 등의 공로로 진(秦)의 대군을 물리치자 마음이 해이해져서 정무는 동생인 회계왕(會稽王)에게 맡겨버리고 밤낮으로 술타령에 빠져 있었다.

그럴 즈음에 장성(長星; 살별)이 나타났는데 중국에서는 고래로 이 별이 나타나면 불길한 징조로 보고 있었다. 그런데 효무제는 그 살별을 향해서 술잔을 들어올리면서 이렇게 말했다는 것이다.

"살별아. 한 잔 마시지 않겠나? 어차피 천자의 생명이 만년이나 사는 것도 아니니까 말이야."

어쩌면 이 말은 저 자신의 운명을 예감하고 한 말인지도 모른다. 그는 역대의 황제들 중에서도 참으로 희한한 죽음을 당하게 되었던 인물이다.

　그는 후궁들 중에서 장귀인(長貴人)이라는 여인을 가장 사랑했는데 그때 그녀는 서른 살의 한창 때였다.

　어느 날 황제가 술에 취해서 이렇게 놀려댔다.

　"너도 이젠 늙어빠져서 못쓰게 되어버렸구나."

　이 말에 화가 난 그녀는 시녀들을 시켜서 만취해서 쓰러져 있는 황제에게 이불을 덮어씌워서 숨이 막혀 죽게 만들었던 것이다.

닭의 머리가 될지언정 소의 꼬리는 되지 마라

*春秋戰國 · 趙

    계구(鷄口)는 닭의 머리이고 우후(牛後)는 쇠꼬리라는 뜻
인데 소의 꼬리가 되기보다는 닭의 머리가 되는 것이 더 좋
다는 말이다.

    소가 더 훌륭한지 닭이 더 훌륭한지는 이 경우는 논외이
다. 요는 큰 조직의 말석에 있기보다는 작은 조직이더라도
그 상위에 있는 것이 더 좋다는 것을 말하고 있는 것이다.

    이 이야기는 전국시대의 책사 소진(蘇秦)이 제후(諸侯)들
을 설득하고 다닐 때에 잘 쓰던 말이다.

    춘추전국시대의 중기부터 현재의 섬서성(陝西省)에 기반
을 두고 있던 진(秦)이 차츰 국력을 강화해서 중원으로의
야망을 드러내고 있었다.

    이 진의 위협에 대해서 다른 여섯 나라는 어떻게 대처할
것인가가 외교 전략의 기조가 되는 것이었다. 서로 연합해
서 대항하자는 것이 합종(合從)이었고, 진과 동맹을 맺어
서 안전을 도모하자는 것이 연형(連衡)이었다.

    책사 장의(長儀)는 연형(連衡)책을 추진하였고 소진(蘇秦)
은 합종(合從)책을 추진하였는데 특히 진과 국경을 맞대고
있는 위(魏)왕에게 대해서 소진은 이 점을 강조하였다.

"진에게 복종한다는 것은 쇠꼬리에 매달리는 것과 마찬
가지입니다. 현명하신 왕을 모시고 있고 강력한 군대를 갖
고 있는 위가 쇠꼬리에 붙는다는 것은 너무도 수치스럽고
통분한 일이 아니겠습니까?"

008 ··
지도자의 일거일동

*春秋戰國·韓

'현명한 군주는 함부로 얼굴을 찡그리거나 웃지를 않는
다. 군주가 얼굴을 찡그리면 곧 그에 동조해서 얼굴을 찡그
리는 자가 생겨나고 웃으면 곧 그를 따라서 웃는 자가 나타
나게 된다.'

한(韓)은 본래 진(晋)의 한 씨족이었지만 위(魏), 조(趙)와
함께 진(晋)을 분할하여 독립한 제후(諸侯)국이었다.

기원전 4세기 소후(昭候)의 치세 하에서 정치개혁을 한
결과 국력이 충실해져서 중원에서도 두각을 나타내게 되
었다. 거기에는 신불해(申不害)라는 신하의 공로가 컸지만
이 소후라는 군주도 상당히 독특한 견식의 소유자였다.

대개는 군주의 의복이나 생활용품들은 사용하고 난 다음
에는 신하들에게 하사하는 것이 통례였는데 이 소후는 그
렇지 않는 것이었다.

언젠가 그는 헌 바지를 벗어서 소중하게 보관해 두도록
하는 것이었다. 이것을 본 측근의 인물들이 "도무지 인색
하고 인정머리가 없는 사람이다."라고 하면서 험담을 하는
것이었다. 이 말을 전해 듣고 소후가 한 말이 이것인데 그
는 또 이어서 이런 말도 하였다고 한다.

"일빈일소(一嚬一笑)와 마찬가지로 영향을 미치는 것은 신하에게 물건을 내리는 일이다. 비록 헌 바지 하나라 하더라도 아무런 공로도 없는 사람에게 그런 것을 하사한다면 그로 말미암은 영향은 매우 큰 것이다. 이런 것은 소중하게 보관해 두었다가 효과적으로 사용해야만 할 것이다."

　봉건시대의 군주와 현대사회의 지도자는 물론 전혀 다른 존재들이기는 하지만 그러나 그 언동이 하급자에게 미치는 영향은 결코 적지 않다는 이치는 한번쯤 음미해 볼 가치가 있을 듯한 말이기는 하다.

삶의 지혜

009 ··

환관(宦官)의 황제 조종법

* 唐

구사량(仇士良)은 악명 높은 당대(唐代) 환관(宦官)의 거물 중의 한 사람이었다. 5대의 황제를 섬겼고 때마침 일어난 당쟁을 이용하여 음모를 꾸며서 권세를 휘둘렀다.

환관들의 전횡을 억제하려다가 실패한 문종(文宗)으로 하여금 "주(周)나 한(漢)의 최후의 천자는 제후(諸侯)들에게 제압되었지만 짐은 가노들에게 제압당하고 있구나." 하고 탄식하게까지 만들 정도였다고 한다.

구사량에게 죽은 인물은 2왕(王), 1비(妣), 4재상(宰相)에 이르렀다고 한다.

그는 문종 다음에는 태자(太子)까지도 폐하고 무종(武宗)을 옹립하였다고 하는데 나중엔 그 무종에게 밉게 보여서 쫓겨나게 되었다. 그는 쫓겨날 때에 작별인사를 하러 찾아온 후배 환관들에게 황제를 조종하는 방법을 이렇게 말하였다고 한다.

"천자에게는 한가로운 시간을 갖게 해서는 안 된다. 또 언제나 항상 사치스러운 놀이를 하게 하여서 거기에 열중하도록 함으로써 엉뚱한 생각을 일으키지 못하도록 만들어야 한다. 특히 서적이나 학자들과는 접촉을 하지 못하게 하여야 한다. 더욱이 왕조 흥망(王朝興亡)에 관한 역사 같은 것을 배워서 장래를 걱정하기 시작하면 우리들 환관들은 가차없이 쫓겨나고 말게 될 것이다."

이것은 환관들을 반대하는 학자가 쓴 기록으로도 보이기는 하지만 환관들의 수법을 너무도 예리하게 보여주는 것이라 하겠다.

010 ‥
입에는 꿀, 뱃 속엔 칼

*唐

  말은 꿀처럼 달게 하지만 뱃속에는 칼을 품고 있어서 차
갑고 무섭다는 말이다.

  이 말은 음험한 인품을 잘 형용한 것인데 한문(漢文)에서
현대문에 이르기까지 중국어의 이러한 형용은 참으로 교
묘하다.

  이렇게 비판된 인물은 당(唐)의 현종(玄宗) 때에 재상을
지낸 이임보(李林甫)이다. 그로부터 이 말은 음험한 인간
을 표현하는 결정판처럼 되어버렸다.

  이임보는 현종 치세의 중기에 재상이 되어서 19년 동안이
나 세력을 떨친 인물이다. 그는 행정개혁 등에 기여한 업적
도 있었지만 그 정치 자세와 사행을 통해서 사상 악평받는
인물 중 열 손가락 안에 들어가는 인물이기도 하다.

  그는 현종에게 대해서는 철저한 예스맨이었지만 아랫사
람들에게는 극단적으로 억압을 하였다. 그는 아랫사람들
에게

  "의장(儀仗)에 쓰이는 말들을 보아라. 가만히 있는 놈은
괜찮지만 날뛰는 놈은 당장에 열 밖으로 쫓겨나고 마는 것
이다."

이렇게 말하면서 겁을 주어서 일체의 비판적인 말을 못하
게 하였다고 한다.
　현종 말년의 정치적 혼란의 바탕을 만든 것도 그였다고
한다.

011 ··
양신(良臣)과 충신(忠臣)의 차이

* 唐

당(唐)대 초기에 태종(太宗)을 지지한 명신은 많지만 그 중에서도 위징(魏徵)이라는 인물은 이색적인 존재였다.

그는 처음에는 태자인 건성(建成) 밑에 있었는데 건성에게 동생 세민(世民)을 제거하라고 권유했다. 그러나 건성이 패하고 세민이 즉위하여 태종이 되었을 때 위징은 태종으로부터 비서 격인 간의대부(諫議大夫)로 등용되었다. 그 위징이 어느 때 태종에게 이런 말을 하였다.

"폐하, 부디 저를 양신(良臣)이 되게 하여 주시고 결코 충신(忠臣)이 되게는 하지 말아 주십시오."

"그래 그렇다면 양신과 충신이란 어떻게 다른 것인가?"

"네. 직(稷), 계(契), 고도(皋陶)라는 사람들은 요순(堯舜)을 모시고 군신이 마음을 합해 천하를 다스려서 함께 번영하였습니다. 그들은 역사상 양신이라고 일컬어집니다. 한편 하(夏)의 걸(桀)을 모신 용봉(龍逢)과 은(殷)의 주(紂)를 모신 비간(比干) 같은 사람들은 임금의 잘못을 고치려다가 주살되고 또 나라도 망하고 말았습니다. 그들은 역사상 충신으로 불리우고 있는 것입니다."

이 말을 듣고 태종도 수긍하였다고 한다.

012
너 따위들이 어찌 나의 큰 뜻을 알겠느냐

*陳涉世家

진승(陳勝)은 일개 농민에 불과하였지만 농민들을 이끌고 진(秦)에 맞서서 반란을 일으킨 인물로 알려져 있다. 섭(涉)은 자이고 중국의 하남양성(河南陽城) 출신이었다.

그가 농사일에 고용되어서 품팔이를 하러 갔다가 쉬고 있을 때에 동료에게 이런 말을 하였다.

"앞으로 성공하더라도 우리 서로 옛정은 잊지 말기로 하세."

이 말을 들은 동료의 한 사람이

"뭣이 성공을 한다구? 웃기지 마라. 날품팔이 주제에 성공이 다 뭐냐?'

진승은 이 말을 듣고 "연작안지(燕雀安知)……." 즉 '제비나 참새 따위가 큰 새의 큰마음을 감히 어찌 알쏘냐' 하고 중얼거렸다는 것이다.

누구에게나 일생에 몇 번인가의 기회는 찾아온다고 한다. 그 기회를 잡을 수 있느냐, 없느냐가 문제인 것이다.

진승은 그 후 징발이 되어서 북쪽의 국경 경비에 끌려가게 되었는데 이때가 그에게는 기회가 되었던 것이다.

013··
선비는 저를 알아주는 사람을 위해서 죽는다

* 刺客列傳

여양(予襄)은 처음엔 망씨(范氏)를 모셨으나 대우가 좋지 않다고 하여 다음엔 중행씨(中行氏)를 모시게 되었는데 역시 대우가 나쁘다고 세 번째로 지백(知伯)을 모시게 되었다.

지백은 그를 쓸 만한 인물이라고 후대하였다. 그런데 지백은 조양자(趙襄子)에게 패망하고 말았다. 더구나 조양자가 지백의 해골로 요강을 만들어서 쓰고 있다는 소문을 듣고 여왕은 복수할 것을 맹세하였다.

"선비는 저를 알아주는 사람을 위해서 죽고 여자는 서를 사랑하는 사람을 위해서 아름답게 몸을 가꾼다고 하니 나는 주군의 원한을 풀어 드려야 하겠다."

얼마 후에 그는 조양자의 호위병에게 잡혀서 심문을 받게 되었는데 그때 여양이 한 말이 이것이었다. 호위병이 그를 죽이려고 하자 조양자는 말리면서

"그대로 놔두어라. 그놈은 훌륭한 놈이다. 주군은 이미 죽었고 그 자손마저 없는데도 주군의 원한을 풀어주려고 하는 것이니 이제부터는 내가 조심하면 될 것이다."

이렇게 되어서 여양은 석방되었다.

그러나 그 이후에도 계속해서 조양자의 뒤를 쫓아다녔는데 어느 다리 부근에 숨어 있다가 또 붙들렸다. 이것이 두 번째였다.

"왜 이렇게 끈질기게 복수를 하려고 하는가?"

"지백만이 나를 선비로서 극진히 보살펴 주었다. 그러므로 나는 선비로서 주군에게 보답하지 않을 수 없는 것이다."

조양자는 적이지만 과연 쓸 만한 인물이라고 생각하여

"한 번은 용서해 주었지만 두 번씩이나 용서할 수는 없으니 각오해라."

그러나 여양은

"당신은 나를 한 번 용서해 주었다. 그 때문에 군신의 의리를 아는 사람이라고 천하의 모든 사람들이 칭송할 것이다. 이번엔 나도 각오하고 있다. 그러나 죽기 전에 마지막 소원이 있는데 당신의 옷을 벗어줄 수는 없겠는가? 그것이라도 베어서 주군의 원한을 갚아 풀어 드렸으면 여한이 없겠다."

조양자는 옷을 벗어주었으며 여양은 칼을 뽑아 그 옷을 세 번 벤 다음 그 칼로 저의 가슴을 찔러 죽었다는 것이다.

014 ··
엎어지더라도 거저 일어나지는 말아라

* 貨殖列傳

'노(魯)나라 사람들은 인색하다고 하지만 인색하기로는 조(曹)나라의 병씨(邴氏)가 더 철저하다.'고 사마천(司馬遷)은 기록하고 있는데 병씨는 부조 3대에 걸쳐서 '엎어지거든 주워라……'를 가훈으로 삼아 왔다.

그 의미는 엎어지면 무엇인가를 손에 주워 들고 자빠져서 위를 볼 때에는 역시 무엇인가를 뜯어서 갖도록 하라는 즉 배든지 사과든지 어쨌든 무엇이든지 손에 넣어서 수입을 잡으라는 가르침이었던 것이다.

그만큼 언제나 신경을 써서 부익한 일은 하지 말고 반드시 이익이 되는 일만 하라고 가르쳤던 것이다. 이렇게 해서 병씨는 원래는 대장간을 경영하였지만 나중에는 노나라 제일의 거부가 되었다는 것이다.

015··
사면초가(四面楚歌)

* 項羽本紀

　항우(項羽)는 적의 이간책에 걸려서 유력한 부하 장수들을 잃고 약화된 틈에 공격을 받게 되었다. 해하(垓下)에 농성하고 있었지만 도저히 움직일 수가 없을 만큼 주위에는 한(漢)군이 빈틈없이 포위하고 있는 것이었다.

　밤이 되자 그 한군들 가운데에서 초(楚)나라 노랫소리가 들려 왔다. 그 노랫소리를 듣고 항우는 깜짝 놀랐다. 왜냐하면 한의 군사들이 초나라 노래를 부른다는 것은 그들은 본래 초나라 군사였는데 그것들이 모두 적군으로 투항해 간 것이라고 생각되었기 때문이었다.

　항우는 이젠 끝장이라고 생각하였다.

　한의 군사들이 의식적으로 초나라 노래를 불렀는지 실제로는 그런 노래가 아니었는데 항우의 심리상태가 패배감과 절망감 때문에 착란상태에 빠져 있었는지는 알 수가 없다. 그러나 적어도 항우에게는 그렇게 생각되었던 것이다.

　이 고사(古事)에서 주위로부터 비난을 받는데 누구도 편들어 주지 않을 때의 상태를 '사면초가(四面楚歌)'라고 말하게 되었던 것이다.

* 前漢

한신(韓信)은 유방(劉邦) 휘하의 장수로서 항우(項羽)를 쓰러트린 최고의 공로자이지만 이 이야기는 그의 고향인 회음(淮陰; 강소성(江蘇省))에서 묻혀 살던 젊었을 때에 있었던 일화이다.

그는 집안이 가난해서 요기나 하려고 매일 강가에 나가서 물고기를 낚고 있었다. 그 강가에서 무명을 씻고 있던 노파가 한신이 굶주려 있는 것을 동정하여 먹을 것을 나누어 주기도 하였다.

"할머니 언젠가는 이 은혜에 보답해 드리겠습니다."

하고 한신은 고마워서 말하자, 그 노파는

"큰사람이 굶고 있는 것 같아서 먹을 것을 조금 나누어 주었을 뿐인데 그런 말은 하지 말라구."

그렇게 말하는 것이었다.

그러던 어느 날 버릇없는 젊은 녀석들이 거리에서 시비를 거는 것이었다.

"너 이놈아 덩치는 큼직한 놈이 잘난 체하면서 건방지게 큰칼은 차고 있다만 내심으로는 겁을 먹고 떨고 있지? 어때 그 칼로 나를 찌를 수 있겠냐? 어디 한번 찔러 보라고 못

하겠거든 내 가랑이 밑으로 기어라!'

한신은 한참 동안 그놈들을 노려보다가 곧 슬그머니 엎드려서 그놈의 가랑이 밑으로 기어 들어갔다.

여기에는 뒷이야기가 있는데 뒷날 초왕(楚王)이 되어서 고향으로 돌아간 한신은 옛날의 그 버릇없던 놈을 찾아내어 중위(中尉)로 등용하고는

"이녀석 때문에 오늘의 내가 있게 되었다."

또한 옛날의 그 노파에게는 천금(千金)을 내렸다고 한다.

‘동(動) 뒤에는 정(靜)’은 후한(後漢) 왕조를 연 광무제
(光武帝)의 정치이념이다.

그는 물려받은 황제가 아니라 28세에 거병을 하여 31세
에 황제가 될 때까지는 일개 호족이었으니 만큼 백성들의
소리도 몸소 들어서 잘 알고 있었으며 계속된 전란의 뒤를
이어서 무엇보다도 먼저 정치의 안정을 도모하였다.

그는 황제가 된 뒤에 고향으로 가서 친척들을 초청하여
잔치를 베푼 일이 있었는데 그 자리에서 숙모들이 이렇게
말하였다.

"그저 유순하기만 하던 사람이 어떻게 황제가 되었을까."

그러자 광무제는 웃으면서

"저는 천하를 다스리는 데에도 똑같이 유순하게 해 나갈
작정입니다."

그는 전한(前漢)의 무제(武帝)가 팽창정책을 쓴 것과는
반대로 내정제일주의를 취하여 옥문관(玉門關)을 폐쇄하
여서 서역과의 교섭을 단절시켰다.

또 어떤 장군으로부터 "북쪽 흉노(匈奴)의 국력이 쇠약
해진 틈을 타서 토벌을 하면……." 하는 건의를 받았을 때

그는 "유(柔)가 능히 강(剛)을 이기고 약(弱)이 능히 강(强)을 이긴다."는 고대 병법의 구절을 인용하면서 불허하였다.

동(動) 뒤에는 정(靜)이 필요하다고 생각했던 것이다. 이를테면 유화정책을 씀으로써 전란의 후유증을 다스려서 후한 정권의 기반을 굳히는 데에 큰 효과를 거두었던 것이다.

018··
죽일 테면 죽여 보아라

*廉頗蘭相如列傳

'상여(相如) 벽(璧)과 함께 돌아오다.'라고 하는 유명한
고사의 한 장면이다.

난상여(蘭相如)가 조(趙)왕의 명령으로 진귀한 보물인
'화씨(和氏)의 벽(璧)'을 가지고 진(秦)왕을 찾아갔을 때의
일이다.

조가 '화씨의 벽'을 얻었다는 소문을 들은 진왕은 그것이
탐이 나서 진의 15개 성읍과 교환하자고 제의해 왔다. 강
국인 진의 이러한 제의를 거절할 수는 없는 일이었다. 그러
나 믿을 수 없는 진왕인지라 그 벽을 손 안에 넣는 순간 성
읍을 내주지 않을지도 모를 일이므로 조에서는 왕을 비롯
하여 중신들이 모두 모여서 의논한 결과 난상여에게 그 외
교 책임을 맡기기로 하였던 것이다.

그러나 우려했던 대로 진왕은 벽을 손에 받아 드는 순간
부터 태도가 변하여 약속을 지킬 기색을 보이지 않는 것이
었다. 그래서 난상여는

"그 벽에는 흠이 있는데 그것을 가르쳐 드리겠습니다."라
고 말하여 벽을 되돌려 받은 다음에

"도대체 당신의 그 태도는 뭡니까? 약속 이행을 먼저 하

서야지요."

　그러면서

　"죽일 테면 죽여 보아라. 그 전에 이 벽을 기둥에 부딪쳐서 깨어버리고 말 테니."

　하고 덤벼들었던 것이다.

　난상여는 진왕을 상대로 하여 최선을 다해 싸워서 그 벽을 되갖고 돌아왔다는 것이다. 외교에는 이러한 지혜와 용기가 때로는 필요한 것으로 알려지고 있는 것이다.

019··
이사(李斯)의 인생 기로

* 李斯列傳

　진(秦)의 시황제(始皇帝)가 천하를 통일한 뒤 그 존재가 크게 알려진 이사(李斯)는 초(楚)나라 출신이었지만 젊었을 때는 고향에서 하급관리 노릇을 하고 있었다.

　그가 근무하는 관청의 변소에서는 쥐들이 사람의 배설물을 먹으면서 살고 있었다. 가만히 보았더니 그 쥐들은 언제나 항상 인간이나 개, 고양이들을 경계하여 겁을 내고 있는 것이었다.

　다음엔 창고엘 가 보았더니 여기서도 쥐들이 살고 있었는데 그 쥐들은 변소의 쥐들과는 달리 깨끗한 환경 속에서 귀한 곡식을 먹고사는 것이었다. 뿐만 아니라 여유가 있어서 겁내는 기색이 없었다.

　여기서 그는 문득 생각하였다.

　"어떻게 같은 쥐인데도 변소에서 사는 쥐와 창고에서 사는 쥐가 저렇게도 다르단 말인가? 그렇다면 인간도 또한 마찬가지가 아니겠는가. 현인(賢人)이라고 존경되던가 그 반대의 평가를 받게 되던가 아니면 그것은 결국 저 자신이 어디에 있는가에 따라서 결정되는 것이 아닐까?"

　운명의 갈림길을 본 것 같은 생각이 든 이사는 곧 하급관리직을 그만두고 공부를 더 하기로 결심을 하고 순자(荀子)를 찾아가서 공부를 시작하였다.

분명히 이것은 그에게는 인생의 갈림길이 되었던 것이다.

020 ··
먼저 상대에게 겁을 주어라

* 淮陰侯列傳

전쟁에서는 먼저 상대를 겁에 떨게 하는 시위를 한 다음에 실질적인 공격을 감행하여야 한다. 이것이 하나의 병법인 것이다. 가능하면 싸우지 않고 이기는 것이 좋은 것이니까. 시위만으로 상대가 항복해 온다면 이보다 더 좋은 일은 없을 것이다.

한(漢)의 장군 한신(韓信)이 거느리는 군대는 조(趙)의 20만 대군과 싸워서 이것을 격파하고 성안군(成安君)을 죽였다. 천하가 모두 놀랐고 한신의 인기는 높아만 갔다. 이때 한신은 포로로 잡은 광무군(廣武君)을 큰 인물로 보고 죽이지 않고 그를 스승으로 대접하면서 의견을 물었다. 광무군은 그 물음에 대하여

"인기가 높아지는 것은 분명히 유리한 일입니다. 이 전쟁으로 군대가 지쳐 있어서 다음 싸움을 하기가 어려운 형편입니다. 이것은 불리한 일입니다. 싸움을 잘하는 것은 이쪽의 불리한 점으로 상대의 유리한 점을 공격하지 말고 유리한 점으로 상대의 불리한 점을 공격하여서 승부를 짓는 일이옵니다."

이렇게 말한 다음에 곧바로 싸울 것이 아니라 그에 앞서

책략을 쓰고 최후의 설명으로서 "병은 본래부터 소리를……." 하고 말하는 것이었다.

　한신은 그 말에 따라서 외교를 통해서 우선 연(燕)을 깨끗하게 항복시켰던 것이다.

　항우의 숙부인 항량(項梁)은 살인을 치고 쫓기는 몸이 되어서 조카 항우를 데리고 오(吳)나라로 도망을 쳤다. 그러던 어느 날 진시황제(秦始皇帝)의 호화로운 행차 광경을 구경한 일이 있었다. 시황제는 그때 회계군(會稽郡)을 순행하고 절강(浙江)을 건넜을 때였다. 그때 소년이었던 항우가 그 성대한 행차 광경을 보고 이렇게 말했던 것이다.

　"언젠가 저놈의 자리를 내가 빼앗고야 말 테다."

　이 말을 들은 항량이 놀라서 그의 입을 틀어막으면서

　"이놈아 입닥쳐라. 허튼소리 함부로 하다 보면 온 집안이 몰살을 당하게 된다."

　그러나 이때부터 항량은 항우를 보통인물이 아니라고 생각하게 되었다. 사실 항우는 그때 이미 신장이 8척이나 되었고 큰 가마솥을 한 손으로 번쩍번쩍 들어올릴 만큼 힘이 장사였다고 한다.

　오나라의 젊은이들은 길에서 항우를 만나면 모두다 뒷걸음질을 쳤다고 한다. 같은 광경을 보고 '차호 대장부당여차야(嗟乎 大丈夫堂如此也; 아아, 대장부로서 마땅히 저쯤은 되어야지)' 하고 감탄했던 유방(劉邦)과는 너무나도 대조적이다.

022··

사냥개와 사냥꾼

*前漢

  한(漢)이 성립된 뒤에 논공행상(論功行賞)이 있었는데 숙하(蕭河)에게 가장 많은 영지(領地)가 배당된 데다 찬후(酇侯)로까지 승진되었다. 이에 대해서 다른 공신들이 일제히 불평을 하였다.

  "우리들은 직접 무기를 들고 전장을 달리면서 많을 때는 백여 차례, 적을 때라도 수십 차례를 싸웠는데 숙하는 싸움터에서의 고생도 없이 장막 안에서 서류나 뒤적이면서 의논이나 하고 있었을 뿐인데 우리들의 윗자리에 앉게 된다는 것은 마땅치 않습니다."

  그러자 고조 유방(劉邦)은

  "너희들은 사냥을 할 줄 알겠지만 직접 사냥감을 몰아서 잡는 것은 사냥개이지만 그 개의 목줄을 풀어주어 지휘하는 것은 인간이 아니냐. 너희들은 도망치는 놈들을 때려잡은 것으로서 이를테면 사냥개의 공로와 같은 것이다. 숙하는 그 사냥개를 지휘한 것과 같은 공로자이다."

  그 뒤에는 군신(君臣)들 중 감히 말하는 자가 없었다고 기록되어 있다.

023 ··
사람을 보는 눈과 마음

* 唐

　이것은 당(唐)대 말기의 재상이던 이덕유(李德裕)가 황제에게 진언한 말이다.

　이덕유는 소위 '우이(牛李)의 당쟁'의 한쪽 대표였다. 그는 부친도 재상을 지낸 명문 출신으로서 어렸을 때에는 공부도 열심히 하였으나 과거(科擧) 보기를 싫어해서 귀족 자제로서 추천에 의하여 관계(官界)에 진출하였던 것이다. 그는 영전과 좌천을 거듭하다가 좌천되었던 곳에서 죽었는데 이 말은 역시 설득력이 있는 말이다.

　"사람을 보는데 있어서 중요한 것은 상대가 아니라 저 자신의 눈이며 마음입니다. 눈은 흐려 있지 않는지, 또 그 눈이 똑바로 보고는 있는지, 그리고 또 마음은 선입견이나 호불호에 의해서 흔들리고 있지는 않은지, 타인의 일을 논평하는 자는 사실은 저 자신을 노골적으로 드러내고 있는 것입니다. 바른 사람은 구부러진 사람을 구부러졌다고 합니다. 사물을 똑바로 보고 올바른 판단을 하는 것이 남의 위에 있는 사람의 책임이라 하겠습니다."

024 ..
찾아온 기회는 놓치지 말아야지

* 李斯列傳

하급관리직을 그만두고 순자(荀子)에게서 공부를 한 이
사(李斯)는 떠날 때에 이런 말을 하였다.

"찾아온 기회를 붙드는가 놓치는가 하는 것이 열쇠라고
생각합니다. 지금은 큰 나라가 서로 자웅을 결정하려고 그
중에서도 진(秦)왕은 천하를 통일할 가장 유력한 후보입니
다. 마침 그가 인재를 구하고 있는 중이니 우리들 유세를
유일한 밑천으로 삼고 있는 사람들에게는 다시없는 좋은
기회라고 생각합니다. 무의무관인 채로 이런 좋은 기회를
놓친다는 것은 마치 사냥감을 눈앞에 두고 그대로 놓쳐버
리는 것과 같은 것이옵니다. 인간으로서 가장 치욕스러운
것은 비천한 것이며 또 슬픈 일은 빈곤이옵니다."

이렇게 저 자신을 질타 격려하듯 말하고는

"오랫동안 미천한 몸으로 빈곤한 상태에 있으면서도 아
무것도 한 일이 없이 그저 이(利)를 미워하고 세상을 탓하
는 것은 남자의 본회가 아니옵니다."

그 후에 이사는 진(秦)으로 가서 승상(丞相) 여불위(呂不
韋)의 식객이 되어서 기회를 붙잡았던 것이다.

025 ··

배수(背水)의 진(陣)

* 前漢

　도망칠 수 없는 상태에서 필사적으로 몸부림치는 것을 배수(背水)의 진(陣)을 친다고 하는데 이것은 한신(韓信)의 작전에서 유명하게 된 말이다.

　유방(劉邦)의 별동부대로서 기동대를 지휘하고 있던 한신은 지금의 중국 산서성(山西省) 동부에 뻗어 있는 태행(太行)산맥을 넘어서 조(趙)를 공격하려고 하였다. 조는 산골짜기의 어귀에 있는 정경구(井經口)에 20만 대군을 배치해 놓고 대기하고 있었다. 한신이 거느리는 한(漢)군은 겨우 2만 명에 불과하였다.

　한신은 산골짜기를 벗어나자 강을 등지고 포진하도록 명령하는 것이었다. 이래서는 행동의 자유가 없게 되고 또 병법(兵法)의 상식으로도 어긋나는 것이었다. 이 광경을 보고 있던 조군은 쾌재를 부르면서 일제히 성채 밖으로 달려나가서 맹렬한 공격을 감행하였다.

　한군은 강기슭까지 밀려났지만 더 나갈 수가 없게 된 병사들은 죽을힘을 다해서 반격을 감행함으로써 조의 대군도 당해낼 수가 없게 되었다. 그럴 때에 조군이 비워 둔 성채에서는 한군의 붉은 깃발이 나부끼는 것이었다. 그것은

한신이 샛길을 통해서 미리 잠복시켜 두었던 2,000명에게
텅 비어 있는 성채를 습격하게 하였기 때문이었다.

 이렇게 기습을 당한 조군은 제대로 싸워 보지도 못하고
고스란히 괴멸하고 말았다. 싸움이 끝난 다음에 한신은 장
수들에게 그 비밀을 털어놓았는데

 "이것도 병법의 하나이다. 사지(死地)에 몰리게 되면 인
간은 살길을 찾게 마련이다. 이것은 손자(孫子)도 말했었
다. 우리 부대는 이제 겨우 편성했을 뿐인 오합지졸(烏合
之卒)들이기 때문에 사지에 몰아넣지 않았더라면 아마도
모두다 도망쳐 버리고 말았을 것이다."

026··
힘으로는 두뇌를 못 당한다

* 項羽本紀

광무(廣武)에서 항우(項羽)의 부대와 유방(劉邦)의 부대가
대치한 채 교착상태가 계속되고 있을 때에 항우는 유방에게
"벌써 몇 해 동안이나 천하를 소란스럽게 하고 있는 것은
너와 나 두 사람 때문이다. 차라리 너와 내가 일 대 일로 맞
붙어서 아주 결판을 내는 것이 어떻겠는가? 더 이상 천하
의 여러 사람들을 끌어들여 고통받게 하지 말기로 하자."

힘으로는 자신이 없는 유방은
"좋은 말이기는 하다만 나는 머리로 싸우지 힘으로는 싸
우지 않겠다."

분명히 설전에서는 언제나 유방이 이기고 있었던 것이
다. 이때 유방은 항우가 과거에 저지른 비행을 하나하나 들
추어내서 욕설을 퍼부었다. 항우는 분을 참지 못해서 펄펄
뛰었다. 이것도 그들의 평소의 패턴이었다.

분을 참지 못한 항우는 활을 들어 유방을 향해 쏘았다. 화
살은 유방의 가슴팍에 상처를 입혔지만 유방은 "저놈이 내
손가락에 상처를 입혔네." 하고 또 욕을 하는 것이었다.

화를 낸 것은 역시 항우였다.

027 ··

구우일모(九牛一毛)

* '文選' 報任少卿書

이릉(李陵)사건으로 이릉을 변호했다고 해서 사마천(司馬遷)은 사형 선고를 받게 되었다. 사마천으로서는 아무런 잘못도 없었다. 그러나 어찌할 수도 없는 일이었다. 돈이라도 있었다면 속죄금을 내고 풀려날 수도 있었지만 그에 의하면 무당이나 점쟁이와 다름이 없는 태사(太史)의 직책에 있었으므로 돈이 있을 리가 없었다.

"법(法)에 따라서 사형에 처해지게 된들 폐하가 보기에는 나의 생명 같은 것은 구우(九牛)가 일모(一毛)를 잃는 것과 같은 것이어서 벌레와 조금도 다를 것이 없을 것입니다."

사마천은 사형에 처해지게 된 저 자신을

'죽더라도 벌레와 같은 존재라면 죽는 의미가 없는 너무도 억울한 일이었다. 어떻게 해서든지 살아남아서 나에게 맡겨진 사기(史記; 태사공서(太史公書))를 완성해야만 하겠다.'

사마천은 궁형(宮刑)이라는 가혹한 형벌을 받고 목숨만은 건질 수 있는 방도가 있었다.

극히 적은 분량을 '구우의 일모'라고 하는 것은 여기서 나온 말이다. 죽느냐, 사느냐의 판가름을 형용하여 잘 쓰이는 말이다.

028··
성공한 뒤의 처신

*陳涉世家

진승(陳勝)과 오광(吳廣) 등이 반란을 일으킨 것이 계기가 되어 여기저기서 반란이 일어났다. 진승 등의 반란은 예상 이상으로 성공하여 진승은 진(陳)에서 왕으로 추대되어서 국호를 장초(張楚)라고 짓기까지 하였다. 일찍이 "왕후장상(王侯將相)이 종(種)이 따로 있느냐." 하고 말하였던 것이 이제 현실감으로 나타난 것이었다.

그뿐만 아니라 젊었을 때에 "옛 친구를 잊지 말자."고 말하였던 일도 시험되게 되었던 것이다. 왕이 된 지 얼마 되지 않아서 옛날 함께 날품팔이를 하던 친구 한 사람이 찾아왔다. 진승은 반갑게 맞이하여 저의 수레에 태우고 대궐 구경을 시켜주기도 하였다.

"야― 대단하구나. 넓기도 하다. 섭(涉)아, 너는 정말 성공했구나."

그 사나이는 그 후로도 무시로 궁중에 들어와서는 아무나 붙들고 옛날 진승과 함께 날품팔이하던 일을 비롯해서 별의별 소리를 다 함부로 떠들어대는 것이었다. 보다 못한 신하의 한 사람이 진승에게 말하였다.

"저 사람의 언행은 참으로 불손합니다. 무엇이나 함부로 지껄여 대서 임금님의 권위에 손상을 입히고 있습니다."

　이 말을 들은 진승은 그 사나이를 죽여버렸고 이때부터
진승의 신하 취급이 순조롭지 못하게 되어서 민심이 진승
에게서 멀어져 갔다.

* 唐

"군주의 마음은 오직 하나뿐인데 그 마음을 붙잡으려고
덤벼드는 자는 너무도 많구나."

명군으로 일컬어지던 당태종(唐太宗)이 탄식한 말이다.

명군이라 하더라도 인격만 고매하게 하고 있어서는 안 된
다. 조금만 방심을 하다 보면 큰 실수를 하게 된다. 신하들
을 신뢰하고 또 한편으로는 의심하고 경계를 한다. 태종은
이러한 딜레마를 솔직하게 털어놓았던 것이다. 거기다가
또 이런 말도 덧붙이고 있는 것이다.

"군주의 마음을 붙잡으려고 용맹을 과시하는 자, 변설(辯
舌)로써 접근하는 자, 알랑거리면서 아첨하는 자, 속이려고
하는 자, 군주의 취향을 이용해 보려는 자, 이러한 패거리
들이 사방팔방에서 저 자신을 팔아먹으려고 날뛰고 있다.
군주가 방심을 하여 조금이라도 틈을 보이기만 한다면 그
것으로 끝장이 나고 마는 것이다. 군주로서 처신하기가 어
려운 것이 바로 이 점이다."

전국시대 말기의 한비자(韓非子)는 군주들의 이러한 불
안에 해답을 주는 글이었다.

그 책이 진(秦)의 시황제로부터 현대의 정상급 인사들에

게까지도 널리 읽혀지고 있는 것은 이유가 없는 것도 아닌 성싶다. 그러나 그것만으로는 명군은 될 수 없을 것이다. 신하들을 의심하고 경계만 한다면 사람이 따르지 않을 것이다. 그래서 명군이란 사람들은 한비자를 읽는 한편으로는 논어(論語)도 몸에 익히지 않으면 안 되었던 것이다.

논어만으로는 인격자는 될 수 있더라도 수라장(修羅場)에서의 진정한 승리자는 될 수가 없을 것이다.

고금을 통해서 정상의 길을 걷는 일은 결코 용이한 일은 아니다.

030 ··
위급존망지추(危急存亡之秋)

'위급존망지추(危急存亡之秋)'는 제갈공명(諸葛孔明)의 '출사표(出師表)'의 모두에 쓰여 있는 이 부분이 출전이다.

추(秋)는 곡물의 수확기로써 식량이 확보되느냐, 않느냐의 판가름이라는 의미도 포함하고 있다. 이 경우는 습관으로서 '가을'이 아니라 '때'로 훈독하는 것이 옳다.

그런데 '출사표'는 출진(出陣)에 즈음 해서의 상주문(上奏文)이라는 것이지만 특히 제갈공명의 것이 유명하다. 그 경위는 유비(劉備)는 거병 이래의 고투(苦鬪) 30년으로 익주(益州; 사천성(四川省))를 손에 넣고 6년 후에 촉(蜀)을 세워서 황제가 되었지만 오(吳)와의 싸움에 스스로 원정했다가 패배한 끝에 백제성(白帝城)에서 병사하였다. 그때 그는 성도(成都)에서 달려온 공명에게 후사를 부탁하였다. 서기 223년의 일이었다.

공명은 이 유비의 유촉(遺囑)을 충실하게 지켜서 유제(幼帝) 유선(劉禪)을 잘 보필하여 내정과 남정(南征)에 큰 성과를 거두고 227년에 드디어 숙적인 위(魏)를 치고자 북정(北征)을 개시하였다. 그 출진에 앞서서 22세의 젊은 황제

유선에게 바친 것이 '출사표'였다.

그것은 위급존망의 때에 자기가 출진한 뒤에 젊은 주군(主君)이 명심해야 할 일들을 간곡하게 타이르고 다시 세 번씩이나 초암(草庵)을 찾아준 유비의 온정(溫情)을 회고하면서 자신의 심정을 피력한 명문으로써 고래로 많은 사람들을 감동시킨 유명한 글이다.

031 ··
강적은 살려 두어서는 안 된다

*項羽本紀

　항우(項羽)와 유방(劉邦)의 싸움은 항우의 초군(楚軍) 세력이 쇠약해지고 유방의 한군(漢軍) 세력이 강화된 시점에서 휴전이 되어서 화해가 성립되는 듯이 보였다. 그러나 유방 측의 장량(張良)과 진평(陳平) 등 장수들이 유방에게 건의하는 것이었다.

　"지금 우리 한은 천하의 반 이상을 사실상 지배하고 있고 제후(諸侯)들도 모두 우리 한에 복속하고 있습니다. 이에 비해서 초는 군대도 피폐해 있고 군량미도 다 떨어져 가고 있습니다. 이것은 하늘이 초를 멸망시키려 하고 있기 때문입니다. 지금이야말로 초를 때려부술 절호의 기회입니다. 이런 좋은 기회를 놓친다면 그야말로 호랑이를 키워서 저가 잡아먹히기를 기다리는 것과 같은 것이옵니다."

　유방은 이들의 건의를 받아들여서 귀국 길에 오른 항우군(軍)을 추격하였던 것이다.

　이미 유방은 항우에게 볼모로 잡혀 있던 양친과 처자들을 되찾은 뒤였으니 홀가분하게 되었고 항우는 호랑이임이 분명한 사실이었다. 그에게 조금만 시간 여유를 준다면 힘을 되찾아서 또다시 사납게 덤벼들 것이 틀림없었다.

이 고사에서 약화된 적에게 재기할 기회를 준다는 것을
양호유환(養虎遺患)이라 말하게 되었던 것이다.

* 留候世家

　한(漢)의 고조(高祖)는 만년에 척부인(戚夫人)을 총애하였다. 그 때문에 척부인이 낳은 아들 여의(如意)를 태자(太子)로 삼으려고 생각하고 있었다. 그러나 고조에게는 황후인 여후(呂后)와의 사이에서 낳은 아들이 있어서 이 사람이 이미 태자로 되어 있었으며 나중에 효혜제(孝惠帝)가 된 사람이다.

　이 효혜제는 마음이 너무 허약해서 이런 점도 고조에게는 마음에 들지 않았던 것이다. 여후는 고조의 이런 마음을 눈치채고는 그 생각을 돌리게 하기 위해서 술잔치를 배설해 놓고는 저의 아들인 태자의 바로 뒷자리에 네 사람의 노인들을 배석시켜 놓았다. 이 노인들은 고조도 매우 존경하는 현인(賢人)들이었다. 고조가 그동안 여러 차례 간청하였지만 출사(出仕)하지 않은 인물들이었는데 그들은 그 자리에서 이런 말까지 하는 것이었다.

　"태자님을 위해서라면 전력을 다해서 받들어 모시겠습니다."

　이 말을 듣고 고조는 실망하면서 척부인에게 귓속말로

　"어떻게 해서든지 여의를 태자로 삼으려고 하였지만 저

렇게 네 사람의 현인이 태자에게 붙어 있으니 태자에겐 날개가 돋은 셈이야. 이젠 나로서도 어쩔 수가 없게 되었구만."

이렇게 되어 여의는 태자가 될 기회를 놓쳐버리고 말았던 것이다. 그러나 일은 그것만으로 끝난 것이 아니라 여후의 무서운 질투는 점점 더해져서 고조가 죽고 나자 척부인을 참혹한 방법으로 죽여버리고 만다.

033 ··

양진(楊震)의 사지(四知)

* 後漢

　양진(楊震)은 후한(後漢)시대의 2세기 초에 지방장관에서 각료로 승진한 인물이었다. 그의 선조는 전한(前漢)의 고조(高祖) 때에 후(候)가 되었었고 소제(昭帝) 때에는 승상(丞相)까지도 배출한 명문이었지만 그는 그런 ○○을 자랑삼지도 않았을 뿐더러 가족들에게는 언제나 ○치스러운 생활을 금하고 청렴결백한 생활로 일관했다○○ 한다.

　그가 동래군(東萊郡; 산동반도(山東半○○)의 북반부)의 태수(太守)로 있을 때, 어느 날 밤 관하○ 현령(縣令)이 찾아와서 뇌물을 바치는 것이었다.

　"밤중이올시다. 이것은 아무○ 모르는 것이니 부디 받아주십시오."

　그때 양진이 한 말이었○.

　"하늘이 알고, 땅이 알고, 자네가 알고 있네. 그리고 내가 알고 있는데 어○서 아무도 모른다고 말하는가?"

　그 현령은 ○무 말도 못하고 되돌아갔다는 것이다.

　양진○ 만년에 황제의 유모(乳母) 일족의 횡포를 탄핵하다가 오히려 모함을 받고 실각을 하여 고향으로 내려가다가 ○분을 참지 못하여 아깝게도 음독자살하고 말았다고 한다.

034 ··
만인을 상대할 수 있는 병법을 배우겠다

* 項羽本紀

항우는 이름을 적(籍)이라 하였고 우(羽)는 자이다. 아직 어린 소년 시절이었다.

"글이란 것은 저의 성명이나 쓸 수 있으면 충분하고 검(劍)이란 것은 한 사람을 상대하는 것이므로 배울 만한 것이 못되니 이왕에 배운다면 수많은 적을 상대로 하는 병법(兵法)을 배우고 싶다."

건방진 아이들이 할 만한 말이기는 하지만 항우가 한 말이고 보니 그럴 듯하게 느껴지는 말이기는 하다.

항우의 숙부로 항량(項梁)이라는 인물이 있었는데 항우는 이 숙부의 영향을 받으면서 성장하였다.

항량의 부친은 초(楚)의 장군이었는데 진(秦)의 왕전(王翦) 장군과 싸우다가 전사하였다. 항량은 어떻게 해서 항우를 공부시킬까 하다가 검술(劍術)을 연마시키려고 노력하였지만 항우는 무엇을 가르쳐도 열심히 하지를 않았고 발전하지도 못하였다.

뿐만 아니라 "글이란 것은……." 어쩌고 하면서 건방진 소리만 하는 것이었다. 그래서 병법을 가르쳐 보기도 하였지만 이것 역시 오래 지속되진 못했다고 한다.

035 ··
법(法)은 삼장(三章)뿐이다

* 前漢

기원전 206년 유방군(劉邦軍)은 진(秦)의 수도 함양(咸陽)을 점령하였다. 진은 이세황제 호해(胡亥)가 환관(宦官) 조고(趙高)에게 암살되고 그 뒤를 이은 삼세황제 자영(子嬰)을 주살함으로써 소란해져서 싸울 힘이 없으므로 무조건 항복을 하고 말았던 것이다.

유방은 진의 궁전을 본거지로 삼으려고 하였지만 부하 장수들의 뜻에 따라서 퇴거하여 위하(渭河) 건너편의 패상(霸上)에 주둔하게 되었다. 여기서 유방은 각 현의 장로들을 초청하여서 이렇게 언명하였다.

"여러분은 오랫동안 진의 학정에 시달려 왔습니다. 나는 감히 여러분에게 약속합니다. 앞으로 법(法)은 다음 삼 장(三章)만으로 하겠습니다. 즉 사람을 죽이는 자는 사형에 처하고, 사람을 다치게 하는 자도 응분의 처벌을 할 것이며, 도둑질을 하는 자도 처벌할 것입니다. 이 삼 장 이외에 진이 만든 가혹하고 번거로운 법령은 모두다 폐지하겠습니다. 내가 이곳으로 온 것은 여러분에게 해를 끼치는 자들을 제거해 버리기 위해서 온 것입니다. 앞으로는 결코 위해를 끼치는 자가 없게 될 터이니 여러분은 안심하고 생업에 종사하시기 바랍니다."

　그러고는 부하 장수들을 각 현으로 파견하여 이 취지를
철저하게 알리도록 하였다. 장로들은 크게 환호하면서 산
해진미로 환대하려고 하였지만 유방은 이것마저 정중하게
사양하는 것이었다. 이래서 유방의 인기는 크게 올라갔다.

　원래 진의 법령은 너무도 엄격하고 복잡하였다. 그래서
유방은 관의 간섭을 적게 하고 백성의 활력을 북돋우려는
정책을 썼는데 이것이 크게 환영되고 성공하였던 것이다.

036··
덕(德)이 금수에게까지 미쳤다

* 殷

기원전 16세기에 시작되는 은(殷; 상(商)이라고도 함) 왕조는 고고학적으로도 그 존재가 실증되는 중국 최고의 왕조이다. 그 초대 제왕이 탕왕(湯王)인데 그는 폭군이던 하(夏)의 걸왕(桀王)을 무찌르고 그 대신 제위에 올랐다고 한다.

초대 제왕의 전기는 그 왕조에 의해서 쓰여지기 때문에 명군(名君)으로 묘사되고 최후의 제왕의 전기는 그것을 넘어뜨린 다음 왕조에 의해서 쓰여지기 때문에 폭군으로 묘사되는 것이 보통이다. 그래서 사실로써는 어느 정도 에누리하여 보는 것이기는 하지만 어쨌든 간에 제왕들에 얽힌 여러 가지 설화는 고대 중국인들에 대한 선악의 기준이 되는 것이어서 재미가 있다.

이 이야기는 탕왕의 덕(德)을 칭송한 설화의 하나이다.

어느 날 탕왕이 밖에 나가 보았더니 사방에 그물을 쳐놓고 "하늘에서 날아온 놈, 땅 밑에서 기어 나온 놈, 사방에서 온 놈들 모두 다 이 그물 속으로 들어오너라." 면서 기도하고 있는 사나이가 있었다.

탕왕은 "이래서는 이 세상의 모든 짐승들이 씨가 마를 것이다." 하고 탄식하면서 세 편의 그물을 걷게 하고는 다시 이렇게 빌었다는 것이다.

　"좌(左)로 가고 싶으면 좌로 가고 우(右)로 가고 싶으면 우로 가거라. 그것이 싫거든 그물에 걸리거라."

　이 말을 들은 사람들이 감동하여 "탕왕의 덕은 금수에게 까지도 미치고 있다."고 말하였다는 것이다.

말을 잘 듣지 않는 부하도 필요

* 後漢

고분고분하게 말을 잘 듣지 않는 부하는 상사에게는 까다
로운 존재일 것이다. 그런데 후한(後漢)의 광무제(光武帝)
는 저에게 거역하는 인물을 오히려 아꼈었다.

이를테면 주당(周堂)이라는 무위무관의 선비가 고결하다
는 말을 듣고 등용하려고 불렀는데 그는 입궐하기는 하였
으나 관직을 주려고 하여도 받지 않을 뿐더러 그저 보통으
로 머리만 숙였을 뿐 황제에게 대하는 배례도 하지 않는
것이었다. 그것을 나무라는 사람이 있었지만 광무제는
"예로부터 명왕(明王)이라든지 성왕(聖王)이라 하던 군주
들에게는 반드시 말을 잘 듣지 않은 신하가 있었느니라."
하면서 주당에게 비단을 하사하고 관직 등용은 단념하였
다고 한다.

광무제는 또 저의 누이를 시집보내려 했다가 그것을 거
절한 송홍(宋弘)도 '불빈지사(不賓之士)'로 대접하였고
또 공주가(公主家)의 하인이 살인을 하고 공주가에 숨어
있었는데 수도(首都)장관인 동선(董宣)이 그 살인범이 공
주를 모시고 밖으로 나왔을 때에 체포하여 공주의 항의에
도 굽히지 않았다. 광무제는 그를 표창하고 상까지 내렸다

고 한다.

　이런 관대함은 전제군주답지 않은 일인 것 같기도 하지만
전제군주이기 때문에 그 자신감에서 행한 일이었는지도
모를 일이다. 그렇더라도 상사로서는 말을 잘 듣지 않는 부
하도 때로는 필요했던 것만은 확실한 듯하다.

038 ··
화우지계(火牛之計)

* 田單列記

소위 ‘화우지계(火牛之計)’ 라는 기책을 써서 적군을 무찌른 장면이다.

제(齊)군은 곧 항복하겠다고 속여서 연(燕)군을 방심하게 만들어놓고는 전단(田單) 장군은 성 안에 있던 천여 마리의 소 떼에게 여러 가지의 세공을 하였다.

즉 새빨간 천으로 소에게 옷을 만들어 입힌 다음에 거기다가 무섭게 용을 그려 넣고 뿔에는 예리한 칼날을 단단히 붙들어맨 다음에 꼬리에다 기름을 듬뿍 먹인 갈대 다발을 묶어 매달고 거기다가 불을 붙여서 성벽에 미리 뚫어놓은 출구로 일제히 내몰았던 것이다. 꼬리에 불이 붙어서 뜨거워지자 다급해진 소 떼들은 연군을 향해서 미친 듯 돌진해 나갔다. 그 뒤에서는 소리를 내지 못하도록 매(枚)라고 하는 나뭇조각을 입에 물린 정병 5,000여 명이 뒤따라 달려나갔다.

놀란 것은 연군이었다. 훤한 불빛에 비치는 천하에 괴상한 모습을 한 소 떼들이 달려드는 바람에 눈 깜짝할 사이에 뿔에 받히고 밟혀 죽는 자, 부상하는 자가 속출하였다. 이렇게 되다 보니 연군은 싸우기는커녕 도망치기가 바빴던 것이다. 연군의 장수 기겁(騎劫)은 이때 전사하였다.

그로부터 연군은 계속 패주를 하여 그때까지 점령하고 있던 70여 개 성을 모두다 내버리고 황하(黃河) 기슭까지 도망을 치게 되었다.

제(齊)왕은 비로소 수도인 임치(臨淄)로 되돌아갈 수가 있었으며 전단 장군을 안평군(安平君)에 봉해 주었다고 한다.

039 ··
비정한 정치논리

* 前漢

한(漢)이 성립된 지 48년째 되던 해에 '오초칠국(吳楚七
國)의 난(亂)' 이라는 대규모의 내전이 일어났다.

원래 한은 성립할 때에 유(劉)씨 일족과 특별한 공이 많은
공신들을 왕으로 삼고 영지를 나눠주었다. 그런데 각 왕국
의 세력이 점점 커져갔다.

이러한 사태에 대해서 한의 중앙정부는 이것을 우려해서
그들의 영지를 삭감하던가 규제를 강화함으로써 그들의
세력 약화를 도모하였다. 이것에 반발한 것이 고조(高祖)
의 조카벌인 유비(劉濞)의 오(吳)를 비롯한 7국이었는데 이
왕국억제정책을 권유한 중심인물은 경제(景帝)의 중신인
조착(晁錯)이었다.

그는 오왕 유비가 반란을 그만두려고 했을 때 오히려 그
영지삭감을 경제에게 건의하였다.

"오의 영지를 삭감하지 않았더라도 오왕은 반란을 일으
킬 것입니다. 그렇다면 이 차제에 영지를 삭감해 버림으로
써 오에게 반란을 빨리 일으키게 하는 것이 더 좋습니다.
그렇게 하는 것이 희생을 적게 할 수가 있는 것입니다."

과연 오왕은 이 도발에 따라서 반란을 일으켜서 한때는

천하가 양분되는 듯한 기세였지만 장군 주아부(周亞夫) 등의 활약으로 진압되고 말았다.

　권력 유지를 위해서는 비정한 논리도 필요로 했던 것이다. 그것을 건의했던 조착도 반란군의 증오를 그에게 집중시키기 위한 희생물이 되어서 처형되고 말았다.

040 ‥
무엇이나 저 혼자만 하려고 해서는 안 된다

* 秦

　진(秦)의 시황제(始皇帝)는 고집이 센 자신가여서 아무리 작은 일이라도 남에게 맡기는 일이 없이 모두다 자신이 직접 결재를 하였다. 그 때문에 서류가 점점 쌓여서 그 분량이 저울(원문의 형석(衡石)=형(衡)은 저울대, 석(石)은 저울추)로 달기까지에 이르렀다고 하니 참으로 엄청난 일이었을 것이다. 이것은 모름지기 과장된 표현만은 아닐 것이다.

　그 당시는 아직 종이가 발명되지 않았었기 때문에 모든 문서는 대쪽 또는 나뭇조각에 기록하고 그것을 가죽끈으로 꿰맨 죽간(竹簡) 또는 목간(木簡)이었다. 그러니 그것이 많아지면 분명히 무게로 달았을 것이 틀림없었을 것이다. 그래서 하루에 1석(石) 무게의 서류를 결재한다고 하는 사무처리의 표준이 생겨났던 것인데 1석(石)은 120근으로 약 30kg이 된다고 하니 이렇게 많은 분량의 서류를 처리하고 있었으므로 시황제는 사실 휴식을 취할 겨를도 없었을 것이다.

　이렇게까지 하여 그는 권세에 탐닉하고 있었다고 '십팔사략(十八史略)'은 기록하고 있다. 대소사를 막론하고 무엇이든지 저 자신이 직접 해야만 한다면 결국은 유능한 인재를 양성할 수가 없게 되었을 것이다.

041 ··
적재(適材)는 적소(適所)에

*三國

제갈공명(諸葛孔明)은 아직 유비(劉備)를 모시기 전에 세상에서는 복룡(伏龍)이라고 말하고 있었다.

그맘때 역시 장래의 큰 인물이라고 하여 중국 양양(襄陽) 지방에서는 봉추(鳳雛) 즉 봉황새의 병아리라고 불리던 인물이 있었다. 그 이름은 방통(龐統)이고 자를 사원(士元)이라고 하였다.

방통은 형주군(荊州郡)의 관리로 있었는데 적벽(赤壁) 싸움 뒤에 형주군이 유비의 수중으로 들어가자 그를 양양현(縣)의 지사(知事)로 임명하였지만 일을 열심히 하지 않기 때문에 유비는 그를 면직시켜 버렸다.

방통을 잘 알고 있는 오(吳)의 노숙(魯肅) 장군이 그맘때 우호관계에 있던 유비에게 이렇게 편지를 써서 보냈다.

"방통의 재능은 현(縣)급의 일에는 적합하지 않습니다. 적어도 주(州)의 순찰관쯤의 큰일을 맡기신다면 그 재능을 크게 발휘하게 될 것이옵니다."

이 편지를 받아 보고 유비는 시험삼아 방통에게 요직을 맡겨 보았는데 과연 그는 유비가 성도(成都)를 공략할 때에 큰공을 세웠다고 한다.

* 張儀列傳

　소진(蘇秦)과 장의(張儀)는 친구이면서도 경쟁 상대이기
도 하였으며 전국시대를 대표하는 유명한 책사(策士)였다.
두 사람은 빈곤한 점에서도 닮아 있었고 출세하기까지의
에피소드도 여러모로 닮아 있었다.

　장의도 소진과 같은 제(齊)의 귀곡(鬼谷) 선생에게서 유
세술(遊說術)을 공부한 다음에 유세의 길을 떠났지만 어디
서도 환영받지 못하였다. 그뿐만 아니라 어떤 때는 가난한
탓에 도둑으로 몰려서 매를 맞아 피투성이가 되어 집으로
돌아오기도 하였다.

　소진이 형제들과 아내에게 핀잔을 받은 것처럼 "아아. 당
신은 공부다, 유세다 하면서 허튼짓만 하고 돌아다니다 보
니 이런 험한 꼴을 당하게 되는 거라구요!" 이렇게 원망 섞
인 핀잔을 받자 장의는 입을 쩍 벌려 보이면서 "어때 내 입
속에 혀는 제대로 잘 있나?" 하는 것이었다. "혀야 그대로
잘 있지요." 하고 아내가 대답하자 "그렇다면 걱정할 건 없
네." 하고 씩 웃더라는 것이다.

　혀가 있기만 하면 유세를 또 나갈 수가 있다는 배짱이었다.

043 ··
쓸모가 없게 된 공로자의 운명

* 前漢

  교토(狡兔)는 교활한 토끼라기보다 약삭빠른 토끼를 의미한다. 토끼를 때려잡고 난 뒤에는 사냥개는 필요 없게 되어서 삶아 먹히게 된다는 통렬한 비유이다. 그와 함께 날으는 새를 쏘아잡고 나면 그 활도 필요 없게 되어 창고 속에 처넣어지게 된다. 적과 싸우고 있을 때에는 중요한 역할을 하던 모신(謀臣)도 적이 패망하고 나면 숙청되고 만다.

  한신(韓信)은 항우(項羽)를 타도한 일등 공신이었지만 한(漢) 제국이 성립된 뒤에 반역 혐의를 받고 체포되었는데 그때 그는 이런 말을 하면서 억울하다는 말을 하였다고 한다. 이때는 그 지위가 강등되는 것으로 끝났었지만 나중엔 결국 처형되고 말았던 것이다.

  그로부터 약 280년 전에 월왕(越王) 구천(句踐)을 보좌했던 범려(范蠡)는 월왕 구천이 패권을 장악하자 깨끗하게 물러났는데 그때 동료인 문종(文種)에게도 사퇴를 권유하는 편지를 써 보냈는데 그 속에도 이런 말을 인용한 바 있었다고 한다.

  우리나라에서도 얼마 전에 모 고관이 퇴임을 강요당하고 물러날 때에 '토사구팽(兔死狗烹)'이라고 말하면서 분통을 터뜨렸던 일이 있었다.

044 ·· 어린 고아는 어찌 되었는가

* 唐

　중국에는 역사상 여걸(女傑)은 많았지만 정식으로 여제 (女帝)가 된 사람은 측천무후(則天武后) 단 한 사람뿐이다.

　그녀는 처음에는 태종(太宗)의 후궁이었지만 태종이 죽은 다음에 그 아들인 고종(高宗)이 그녀를 다시 후궁으로 삼았다. 후궁이라고는 하지만 아비가 관계하던 여인을 그 자식이 범한다는 것은 중국의 전통적인 도덕으로는 용서 될 수 없는 일이어서 당 왕실에서 이러한 일이 있었다는 것 은 아마도 이러한 습관이 있는 북방계의 종족이 아니었는 가 하는 설까지도 있을 정도였다.

　그 후 그녀는 음모를 꾸미며 황후를 몰아내고 저 자신이 황후자리에 올라앉았던 것이다. 그리고 병약하고 무기력 한 고종을 대신해서 국정(國政)을 집행하다가 고종이 죽은 뒤에는 자신이 낳은 아들 중종(中宗)을 폐위시켜 버리고 저 자신이 직접 제위(帝位)에 올랐는데 재위기간은 15년간 (690~705)이었지만 사실상 실권을 쥐고 군림한 것은 40년 간이나 된다.

　그녀는 너무도 잔혹해서 자신이 낳은 아들(중종)을 비롯 하여 왕족과 중신들을 무려 100여 명이나 죽였던 것이다.

서기 684년 드디어 무후타도(武后打倒)의 반란이 일어났다. 초당사걸(初唐四傑)이라고 일컫는 사대시인(四大詩人)의 한 사람인 낙빈왕(駱賓王)이 지은 격문(檄文)은 대단한 명문(名文)으로써 그 끝부분에

　'선제(先帝)의 능묘(陵墓)의 흙이 아직 마르지도 않았는데 어린 고아(孤兒; 중종을 가리킴)는 지금 어디에 있는가?'

　무후(武后)도 이것을 읽고 탄복하였다고 한다.

* 唐

화(禍)는 같은 차원에서 보는 한 마이너스밖에는 되지 않는다. 그러나 그 차원을 바꾸어 본다면 플러스로 전환시킬 수도 있다. 같은 평면이 아닌 차원을 바꾸어 본다. 이것이 역전을 시키는 발상법의 하나인 것이다.

당(唐) 왕조를 열고 나중에 당고조(唐高祖)로 불리우게 된 이연(李淵)은 본래 수문제(隋文帝)의 연줄로 지방관을 하고 있었다. 양제(煬帝)의 대가 되자 그는 태원(太原)의 총독대리가 되었는데 북쪽으로부터의 이민족 침입에 대비함과 동시에 치안유시의 책임을 지고 있었다.

마침 양제가 수도 장안(長安)을 비우고 강도(江都; 양주(揚州))에 가서 오래 머물고 있을 때에 돌궐(6~8세기경 중앙아시아에서 세력을 떨치던 유목민)이 침입했을 때에 이연은 그 싸움에서 크게 패했다. 그 당시는 패전의 책임을 물어서 처형하는 예가 많았다. 이연은 겁에 질려서 떨고 있었는데 이때 둘째아들인 세민(世民; 나중의 당태종(唐太宗))이 이렇게 말하는 것이었다.

"이 차제에 민심에 따라서 궐기하시면 화(禍)를 복(福)으로 바꿀 수도 있을 것입니다. 실망하지 마시고 어서 결단을 내리십시오."

 처음엔 이연도 망설였지만 세민의 끈질긴 설득과 민심의
추이에 따라서 드디어 궐기하였다. 그리하여 장안을 장악
하여 결국 정권을 잡고 당 왕조를 세우게 되었던 것이다.

046 ··
언론을 억압하면 민란이 일어난다

* 周

　'백성들의 입을 틀어막는 것은 강물을 막는 것보다도 어렵고 위험한 일이다. 강물이 둑을 터트리고 넘쳐흐르게 되면 반드시 큰 피해가 있게 될 것이다.'

　봉건적인 군주제 아래서 이러한 생각을 하였다는 것은 놀라운 일이다.

　당(唐) 왕조의 16대째 려왕(厲王)은 무도하고 포악하여 특히 자신에 대한 비판의 소리를 극히 싫어하였다.

　그래서 그는 위(衛)나라에서 유명하다는 무녀(巫女)를 불러다가 점을 치게 하여서 정치를 비판하는 자를 찾아내어서는 닥치는 대로 사형에 처하는 것이었다. 그래서 사람들은 길에서 마주치더라도 눈인사로만 지낼 뿐 아무 말도 하지 않는 것이었다.

　이렇게 되자 려왕은 "이제야 욕하는 놈들이 없게 되었군." 하면서 만족해했다.

　왕의 지나친 언론탄압을 보다 못한 재상 소공(召公)이 간한 말이 모두에 있는 이 말이었다.

　그로부터 3년 뒤에 반란이 일어나서 왕은 망명의 길을 떠나게 되었는데 소공과 주공(周公) 두 재상이 '공화(共和)'

라는 이름으로 정치개혁을 하였다.

　결국 려왕은 14년 뒤에 망명지에서 죽었으며 소공의 집에 숨어 지내던 선왕(宣王)이 그 뒤를 이었다.

* 後漢

후한(後漢) 말, 세상이 혼란해짐과 함께 개성적인 인물이 많이 등장하였다. 체제가 안정되어 있는 시대에는 발휘할 곳도 없었던 능력이 좋든 나쁘든 간에 강렬한 꽃을 피웠던 것이다.

변화하는 시대는 인간까지도 변화시키는 것이었다. 그러한 인간들 가운데에서 눈부시게 두각을 나타낸 인물이 나중에 위(魏)의 개조가 된 조조(曹操)였다. 그의 조부는 환관(宦官)이었다. 거세된 환관에게 자식이 있었다는 것은 이상한 일 같지만 양자를 얻었던 것이다.

조조는 소년 시절부터 두뇌 회전이 빠르고 제법 배짱도 있었는데 20세 때에 효렴(孝廉)이라는 하급관리로 첫발을 내디뎠고 황건적(黃巾賊)의 난리가 일어나자 그 토벌대장이 되어서 이름을 날리게 되었다.

이 이야기는 아직 젊었을 때의 일인데 그때 허소(許劭)라는 점을 잘 보는 인물에게 점을 쳐보았더니 허소는 한참 망설이다가 이렇게 말하더라는 것이다.

"자네는 안정된 시대라면 유능한 신하가 되겠지만 혼란한 시대에는 간웅(姦雄)이 될 것일세."

과연 그는 삼국지의 악역으로서 한(漢)을 쳐들어간다. 그러나 악역이라고 하는 것은 이야깃거리의 시각에서 본 것으로써 사실(史實)에 나타나는 조조는 적측에서 보기에는 간(姦)으로 보였는지는 몰라도 그는 지혜가 많은 전략가였고 또 훌륭한 군주였다.

048 · ·
목표를 바로 보아라

* 項羽本紀

    초(楚)의 항량(項梁)의 군대가 진(秦)의 장한(章邯)의 군에게 패하여 항량이 전사하자 초는 송의(宋義)를 그 후임으로 파견하여서 상장군에 임명하고 항우(項羽)를 부장으로 삼았다. 때마침 장한의 군대가 거록(鉅鹿)에서 초를 포위하고 있었다. 황하(黃河) 건너편에서 이것을 보고 있던 초군(楚軍)은 송의와 항우의 의견이 대립하고 있었다. 항우는 당장 쳐나가서 진군(秦軍)을 초군과 함께 협격을 하면 승리할 수 있다고 주장하였다. 그러나 송의는 듣지 않고 항우에게 이런 말을 하는 것이었다.

    "소등의 등에를 후려친다고 해서 벼룩이나 이까지 때려 잡을 수는 없는 것이다……."

    이것은 물론 비유이지만 등에란 장한의 진군을 가리킨 것이고 벼룩과 이는 진나라 그 자체를 말한 것이다. 송의는 가만히 기다리고 있다가 진이 약화되었을 때에 진군을 쳐서 단숨에 진나라로 쳐들어간다는 작전이었던 것이다.

    항우는 송의의 주장에 반발해서 그 자리에서 송의를 때려죽이고 저 자신이 스스로 상장군이 되어서 전군을 이끌고 황하를 건넜던 것이다.

049 ··
폐하의 지휘 능력은 십만 명쯤 되겠지요

* 會陰侯列傳

 한(漢)의 공신인 한신(韓信) 장군은 반역혐의로 두 번 체포된 일이 있었다. 첫 번째는 고조(高組)에게 잡혔었고 두 번째는 여후(呂后)에게 잡혔다.

 첫 번째는 고조가 쳐놓은 덫에 걸렸던 것인데 이때 한신은 신분이 격하되는 것으로 끝났으나 그 뒤에 있었던 고조와의 대담에서 이런 말이 오고 갔다는 것이다.

 "너의 의견을 말해 보아라. 나는 얼마쯤의 병력을 지휘할 수가 있다고 보느냐?"

 "폐하는 한 십만 병쯤이 적당하다고 봅니다."

 "그럼 너는 얼마쯤이나 지휘할 수가 있겠느냐?"

 "저는 많을수록 더 잘할 수가 있습니다."

 "허튼 소리 말아라. 그렇다면 너는 어째서 나에게 잡혔단 말이냐?"

 "폐하는 병졸의 장수는 될 수 없어도 장수의 장수가 되는 것이 적격입니다. 제가 이렇게 잡히게 된 것도 그 때문입니다. 그리고 이러한 특성은 천부의 것이지 노력에 의해서 얻어지는 것은 아니옵니다."

 하고 대답하였다는 것이다.

포락(炮烙)의 형(刑)

* 殷

'주지육림(酒池肉林)' 외에 주왕(紂王)과 달기(妲己)는 엄청난 오락거리를 또 생각해냈다. 그것이 바로 이 형벌이었던 것이다.

굵은 구리 기둥에 기름을 발라서 새빨간 숯불 위에 걸쳐 놓고는 죄인을 그 위로 걸어가게 하여 발이 미끄러져서 숯불 위로 떨어져 몸부림치면서 타 죽는 것을 두 사람이 구경하면서 즐기는 것이었다. 이것이 그 악명 높은 포락(炮烙)의 형(刑)이라는 형벌이었다.

중국의 고대사에는 세 가지 유명한 잔학사건이 있었는데 그 하나가 바로 이 주왕의 포락형(炮烙刑)이고 두 번째는 그로부터 약 천년 뒤에 한(漢) 제국을 세운 고조(高祖) 유방(劉邦)의 아내 여후(呂后)의 '인(人)돼지' 사건이다.

고조는 그의 만년에 측실인 척부인(戚夫人)을 총애하여 여후와의 사이에서 태어난 황태자(皇太子)를 폐하고 척부인과의 사이에서 태어난 아들을 후계자로 삼으려고 하였다.

이것은 중신들의 반대로 실현되지는 못하였지만 고조가 죽고 나자 여후는 척부인을 잡아다가 손발을 잘라내고 눈알을 뽑은 다음에 귀까지 짓이겨서 소리도 못 듣게 만들고 약으로 목젖을 태워 벙어리를 만들어서 변소 속에 처넣고 는 이것을 '인(人)돼지'라고 이름 붙였다.

그리고 세 번째는 당(唐)의 측천무후(則天武后)의 잔인한 대량살인이었다.

051 ··

송양지인(宋襄之仁)

* 春秋戰國 · 宋

베풀지 않아도 될 인정을 베풀다가 손해를 보게 되는 것
을 송양지인(宋襄之仁)이라고 말한다.

송양(宋襄)은 송(宋;하남성 성구현(河南省 商丘縣))의 18
대째 군주였던 양(襄)왕을 가리킨 것이다.

때는 춘추시대 주(周) 왕조의 권위가 점차로 쇠퇴하게 되
자 여러 나라는 서로 패권을 잡으려고 하였는데 특히 두드
러진 것은 노(魯), 제(齊), 진(晋), 진(秦), 초(楚), 송(宋), 위
(衛), 진(陳), 채(蔡), 조(曹), 정(鄭), 연(燕), 오(吳) 등 13개
국이었다.

그중에서도 송의 왕실은 은(殷) 왕조의 혈통을 이은 명문
이었다. 개조(開祖)는 주왕(紂王)의 폭정을 간하다가 받아
들여지지 않으므로 망명하였던 주왕의 이종형인 미자(微
子)였다.

은을 멸망시킨 주(周)는 미자를 제후(諸侯)로 봉하고 송
나라를 맡겨서 은의 제사를 받들게 하였던 것이다. 이런 가
문이니만큼 양왕은 품위도 높고 이웃 여러 나라의 맹주가
되려는 야망을 품고 있었다.

기원전 638년 송과 남쪽의 강자인 초(楚)와의 사이에 싸

움이 벌어져서 양군은 홍하(泓河)를 끼고 서로 대치하게 되었는데 송군은 강가에 포진을 끝냈었지만 초군은 아직 포진도 제대로 못한 채 강을 건너기 시작하는 것이었다.

이때 송군의 참모인 목이(目夷)가

"적이 강을 완전히 건너기 전에 공격을 해야 합니다."

하고 건의하였는데, 양왕은

"군자(君子)는 남의 곤경을 틈타서 공격하는 일은 하지 않는 법이다."

하면서 공격을 하지 못하게 하였다. 이 때문에 송군은 참패를 당하고 말았는데 이때 입은 부상 때문에 양왕은 다음 해에 죽고 말았다.

세상 사람들은 이 일을 가리켜 '송양지인(宋襄之仁)' 이라면서 비웃었던 것이다.

052 ··
행불행(幸不幸)은 마음먹기 나름이다

* 三皇五帝

'아들이 많이 있으면 근심 걱정이 끊이지 않고, 부자가
되면 번거로운 일이 많이 생기게 되며, 오래 살게 되면 욕
된 일이 많게 된다.'

이 말은 요제(堯帝)가 했다는 말인데 이런 말은 장자(莊
子)에도 나오는 것이며 이 이야기의 유래는 요제가 화산
(華山)에 올라갔을 때에 산을 지키는 신관(神官)이 요제의
다행을 기도하려고 하였을 때 그것을 사양하면서 한 말이
이것이다.

그러자 신관은 다음과 같이 반박을 하였는데 이 말도 수
긍이 되는 말이기는 하다.

"아들이 몇이 있던지 제각기 분수에 맞게 살도록 한다면
걱정할 것은 없을 것이며 부자가 되더라도 욕심을 버린다
면 번거로운 일은 안 생길 것입니다. 또 장수를 하더라도
시대가 좋으면 그것을 즐기면 그만이고 시대가 나쁘다면
숨어서 살면 욕될 것이 없지 않겠습니까?"

053··

분서갱유(焚書坑儒)

*秦

시황제(始皇帝)가 천하를 통일한 8년째 되던 해에 군현제(郡縣制)를 비판하고 고래로부터의 관습인 황제의 일족과 공신들을 각처의 왕으로 내보내야 한다고 주장하는 학자들이 있었다. 시황제는 이런 의견을 중신들에게 검토하도록 하였는데 군현제의 추진자였던 승상 이사(李斯)가 반대를 하면서 "공연히 과거를 들추어내서 새로운 정책을 비방하는 것은 용서할 수 없는 일이므로 이 차제에 사설을 없애기 위해서 진(秦)의 기록과 박사(博士)들이 직무상 갖고 있는 서적 이외의 것은 모조리 불태워 없애버려야 한다."고 주장하여 실행케 하였는데 이것이 분서(焚書)이다.

그 다음해에 시황제는 요언(妖言)을 다스린다고 학자들을 조사하도록 하였는데 그들은 저만 빠져나가려고 하면서 다른 사람의 잘못만 말하는 것이었다. 시황제는 격노하여 유죄로 보이는 464명의 학자들을 함양(咸陽; 진의 수도)에서 구덩이를 파고 그 속에 모두 처넣어 끌어 묻어서 생매장을 해 버렸던 것이다. 이것을 갱유(坑儒)라고 하는 것이다.

054··
아비를 죽이게 한 한마디 말

* 隨

남북조(南北朝) 대립의 시대는 수(隋)에 의해서 종지부가 찍혔다. 그러나 그 왕조의 존속은 겨우 38년간에 불과하였다. 이 단기간에 남북을 통일하고 또 현재도 남아 있는 대륙 종단의 운하를 건설했고 과거(科擧)와 율령제(律令制)와 균전제(均田制) 등의 정책을 실천했으니 대단한 일이기는 하였다.

이런 성과에도 불구하고 이 왕조의 2대째 양제(煬帝)의 악명은 높다. 초대의 문제(文帝)는 원래 북주(北周) 왕조의 외척이었지만 그 북주를 멸망시키고 제위에 올랐다.

그의 치세 23년 만에 문제는 중병으로 누워 있었다. 왕후는 그 전전해에 죽고 없었고 그가 총애하던 진(陳)부인과 태자인 광(廣)이 간병을 하고 있었는데 새벽녘에 진부인이 옷을 갈아입으러 갔을 때에 뒤따라 들어간 광이 겁탈을 하려고 덤벼들었다. 진부인의 필사적인 저항으로 별일은 없었지만 되돌아온 그녀의 심상치 않은 태도를 본 문제가 추궁하자 그녀는 눈물을 흘리면서 "태자(太子)가 무례(無禮)한 짓을……." 이 말을 들은 문제는 격분해서 태자를 폐출시키려고까지 하였다.

이런 사실을 알게 된 광은 간병을 시킨다는 구실로 병상에 심복을 들여보내서 문제를 암살하게 하였다. 그날 밤 광은 진부인과 함께 지냈다고 한다.

　이 광이 바로 그 악명 높은 양제(煬帝) 그 사람이다.

055··
주머니 속에 넣어주었더라면

* 平原君虞卿列傳

진(秦)이 조(趙)의 수도 한단(邯鄲)을 공격하여 포위하였다. 조(趙)왕은 평원군(平原君)에게 초(楚)와 맹약을 맺어서 구원을 요청하라는 명령을 하였다. 그래서 평원군은 거느리고 있는 식객들 중에서 유능한 인물 20명을 선발하여 초로 보내기로 하였는데 19명은 결정되었으나 나머지 한 명이 결정되지 못하였다.

이때 모수(毛遂)라는 사나이가 제가 가겠다고 나서는 것이었다. 평원군은

"유능한 인재는 이를테면 주머니 속의 송곳처럼 가만히 내버려두어도 저 스스로 끝을 내밀게 된다. 그런데 자네는 나에게로 온 지가 벌써 삼 년이나 되었는데도 이렇다 할 재능을 보여준 것이 없지 않은가. 그러니 미안하지만 이번엔 참가시킬 수가 없네."

유능한 인재는 곧 두각을 나타낸다는 것을 비유하여 '낭중지추(囊中之錐)'라고 하는 것은 여기서 나온 말이다. 평원군의 말을 듣고 있던 모수는

"그렇다면 주머니라는 것에 저를 한번 넣어주십시오. 진작에 거기다 넣어주셨더라면 저는 끝만이 아니라 몸체로

벌써 옛날에 빠져나와 있었을 것입니다."

평원군은 할 수 없이 그 사나이도 일행 속에 넣어주기로 하였는데 그 모수가 나중엔 큰공을 세우게 되었다고 한다.

056 ··
조정의 붕당은 다루기가 어렵다

* 唐

 당(唐) 왕조의 활력이 겨우 희망이 보이려던 9세기의 전
반에 관계에서는 극심한 당파의 대립항쟁이 일어났다. 이
것은 과거(科擧) 출신의 우승유(牛僧儒)를 대표로 하는 세
력과 귀족(貴族) 출신의 이덕유(李德裕)를 정점으로 하는
세력과의 투쟁이라는 점에서 '우이(牛李)의 당쟁'이라고
도 하였다.

 관계는 세습 귀족에 의한 추천제와 과거라는 시험제가 병
존하고 있어서 제각기 인맥을 형성하고 있었던 것이다.

 이 투쟁을 더욱 복잡하게 한 것은 궁중에서 일하는 거세
된 남자인 환관들이었다. 환관은 당대 초에는 후궁들의 심
부름꾼에 불과한 존재들이었지만 황제의 비서와 같은 일
을 하게 되면서부터 차츰 정치적 임무도 띠게 되고 나중에
는 황제의 친위부대의 지휘권까지도 장악하기까지에 이르
렀다. 그에 따라서 인원수도 측천무후(則天武后) 이래는
그 수가 늘어나서 현종(玄宗) 때에는 무려 3,000여 명이나
되었다고 한다.

 그리고 드디어 국가의 기밀사항까지도 장악하게 되어서
당대 말에는 여덟 명이나 환관에 의해서 황제가 옹립되기

도 하였던 것이다. 이러한 세력들이 관여함으로써 당쟁은
더욱 험악하고 격렬해져 갔다.

　당쟁으로 곤경에 빠지게 된 14대 황제 문종(文宗)은 이렇
게 탄식하였다고 한다.

　"하북(河北) 병란은 다스릴 수가 있는데 코앞의 파벌 싸
움은 어쩔 수가 없구나."

057 ··
인간 촛불

* 後漢

　후한(後漢) 말의 조정에서는 외척파(外戚派)와 환관파(宦官派)의 세력 싸움이 치열했다. 황후의 오라비인 하진(何進)은 환관(宦官)들을 일소해 버리려고 지방의 군사령관인 동탁(董卓)을 불러들였다. 동탁은 군대를 이끌고 낙양(洛陽)을 향해서 갔지만 그가 도착하기도 전에 하진은 환관들에 의해서 피살되고 장군 원소(袁紹) 등이 그 보복으로 환관들의 대량학살을 감행하는 등 수도 낙양은 일대 혼란에 빠져 있었다.

　동탁은 낙양으로 들어오자 낙양을 무력으로 제압하고 황제까지도 축출하고는 스스로 최고사령관과 재상을 겸하여 공포정치를 강행하였다. 더욱이 부하 장병들에게 함부로 약탈을 하게 하는 등 너무도 지나친 일을 저질렀으므로 반(反) 동탁의 원성이 높아져 갔다.

　민심이 이렇게 악화되자 그는 수도를 옮기기로 하여 당시 수백만이라고 하던 낙양 시민들을 강제로 장안(長安)으로 이주시켰다. 그리고는 낙양 시내의 모든 건물을 불태워버리기도 하였던 것이다.

　횡포한 독재자에 대하여 각처에서 동탁 타도(打倒)의 불길이 타올랐고 여기서 조조(曹操) 등의 활약이 시작된다. 그러나 사태는 여기서 의외의 전개를 보인다.

동탁이 여자문제로 부하인 여포(呂布)에게 암살되고 말았던 것이다. 사람들은 기뻐하면서 밖으로 뛰어나와 장안의 거리는 춤추는 군중으로 들끓었다고 한다.

동탁의 시체는 거리에 내팽개쳐졌는데 그는 굉장한 비만체여서 시체에서 엄청나게 많은 피와 기름이 흘러나왔다고 한다. 밤에 감시병이 커다란 심지를 만들어 가지고 그 시체의 배꼽에 꽂고 거기다 불을 붙였더니 그 촛불은 여러 날 동안이나 불탔다는 것이다.

인간(人間) 촛불…… 잔혹한 독재자에게 대한 보복 또한 잔혹했던 것이다.

058 ··
홍문(鴻門)의 회합

* 前漢

　중국 서안시(西安市)의 시가지에서 동쪽으로 약 35킬로미터 지점에 진시황제(秦始皇帝)의 능(陵)이 있고 그 동쪽으로 다시 5킬로미터쯤 더 가면 홍문보(鴻門堡)라는 마을이 있다. 황토 언덕 위에 있는 마을이지만 여기가 기원전 206년 항우(項羽)와 유방(劉邦)의 극적인 회합장소가 되었던 곳이다.

　진(秦)의 수도 함양(咸陽)을 먼저 점령한 유방 군 10만 명은 여기서 서쪽으로 10킬로미터쯤 되는 패상(覇上)이란 곳에 주둔하고 있었는데 뒤쳐 떨어진 항우는 40만 대군을 이끌고 진격해 왔지만 함곡관(函谷關)에서 유방의 부하 부대에게 저지당하게 되자 격분한 항우는 홍문에 도착하여 유방 군을 공격하려 하고 있었다. 전투가 벌어지기만 하면 유방 군은 당해낼 수가 없게 된다.

　마침 항우의 숙부인 항백(項伯)은 유방의 부하 장수 장량(張良)과 친밀한 사이였기 때문에 말을 달려 찾아가서 항우가 격분하고 있다는 사실을 알리고 화해할 것을 권유하였다.

　다음날 아침 유방은 10여 기를 거느리고 홍문으로 찾아가서 항우에게 사과하였다. 항우는 잠시 분을 풀고 술좌석을 마련했는데 그 자리에서 항우의 부하 장수인 범증(范增)이 유방을 죽이라고 몇 번씩이나 신호를 보냈지만 항우는 우물쭈물하면서 칼을 쓰려고 하지 않는 것이었다. 그래서 범증은 칼춤을 추는 체하다가 죽일 작정이었지만 이번엔 항백이 방해를 하는 것이었다.

　여기서 위험을 느낀 유방의 부하 장수인 번쾌(樊噲)가 들어가서 큰항아리의 술을 들이마시고 고깃덩이를 칼로 찍어서 안주로 먹고는 유방을 죽이려고 한다면서 항우를 힐책하였다. 위기를 넘긴 유방은 변소에 간다는 핑계로 자리를 떠서 패상으로 도망을 쳤던 것이다.

* 項羽本紀

　진(秦)에 대한 반란이 일어났다는 소식을 듣고 회계군(會稽郡)의 군수가 항량(項梁)에게 한 말이다.

　반란이란 것은 진승(陳勝)과 오광(吳廣) 등이 일으킨 것인데 군수는 은통(殷通)이란 인물이었다.

　"지금이야말로 우리가 들고일어날 절호의 기회이오. 이런 좋은 기회를 놓칠 수는 없으니 선수를 치면 상대를 제압할 수가 있고 뒤지면 오히려 상대에게 제압당하게 된다고 합니다. 그러니 이참에 우리도 한 번 해 보는 것이 어떻겠소?"

　하면서 항량에게 반란 가담을 제의하는 것이었다. 항량은 여기서 한 가지 계획을 꾸며냈다. 그는 일단 밖으로 나가서 조카인 항우(項羽)에게 귓속말로 그 계획을 알려놓고는 다시 안으로 들어가서 군수에게 항우도 함께 가담시키자고 말하였다. 군수가 항우를 안으로 불러들였고 그때 항량이 눈짓을 하였다. 그러자 항우는 번개같이 칼을 뽑아서 군수 온통의 목을 내리쳤다.

　이렇게 해서 두 사람의 반란은 시작되었는데 "선즉제인(先卽制人)……."이라고 말했던 군수가 오히려 먼저 당하고 말았던 것이다. 이래서 군청 안은 일대 혼란이 일어났고 항우는 계속해서 수십 명의 목을 자르자 군청관리들이 모두 두 사람에게 항복함으로써 항량은 스스로 회계(會稽) 군수가 되고 항우는 그 부장(副將)이 되어서 곧 오(吳)나라 전부를 장악하고는 그들을 따르는 정예 8,000여 명을 지휘하여 서쪽 진을 향해서 진군을 개시하였던 것이다.

060 ‥
천하를 반씩 나누어 갖자

*項羽本紀

   항우(項羽)와 유방(劉邦)의 싸움은 설전(舌戰)에서는 유
방이, 개개의 전투에서는 항우 쪽이라는 패턴이 되풀이되
었다. 그러나 유방은 불리한 싸움을 계속하면서도 그때마
다 보급원과 장군들의 도움을 받아서 힘을 길러 갔다.

   드디어 유방의 한군(漢軍) 세력이 항우의 초군(楚軍) 세력
을 능가할 정도로 강화되었다. 뿐만 아니라 군량미에 있어
서도 초군은 궁핍해 가고 있었는데 한군은 매우 풍족했다.
이러한 상황 변화를 배경으로 하여 유방은 육가(陸賈)를 군
사(軍使)로 삼아서 항우에게 볼모로 잡혀 있는 저의 부모와
처자들의 송환을 요구했는데 항우는 이것을 거절하는 것이
었다. 유방은 군사의 격을 높여서 후공(候公)으로 바꾸어서
보내면서 휴전의 조건으로 제시한 것이 이것이다.

   '천하를 둘로 나누어서 홍구(鴻溝)로부터 서쪽은 한이 갖
기로 하고 그 동쪽은 초의 것으로 하자.'

   항우는 이 조건을 받아들여 볼모로 잡고 있던 유방의 부
모와 처자들을 되돌려줌으로써 휴전은 성립된 싶지만 사
실은 그렇지 못했다. 항우의 초군이 귀국길에 오르자 유방
의 한군은 재빠르게 추격을 개시하였던 것이다.

061 ··
사람은 죽을 때에 좋은 말을 한다

* 滑稽列傳

한(漢)의 무제(武帝) 때에 진귀한 동물이 발견되었다. 무제는 박식한 신하들을 불러서 물었지만 아무도 아는 자가 없었다. 그래서 동방삭(東方朔)을 불러 물어보았더니 "좋은 술과 안주를 내려주셔야 하겠습니다." 하는 것이었다. 무제가 측근에게 시켜서 그것을 마련토록 하자 이번엔 "좋은 밭과 갈대가 있는 못을 내려주시면 알려 드리겠습니다." 하는 것이었다. 무제가 이것도 들어주기로 하였더니 "이것은 추아(騶牙)라는 짐승인데 이것이 나타나면 먼 나라가 귀순해 온다고 합니다." 하고 말하는 것이었다.

과연 1년 뒤에 흉노(匈奴)의 혼사왕(混邪王)이 10만 명의 부하를 이끌고 귀순해 왔다. 무제는 기뻐하면서 동방삭에게 막대한 상을 내렸다. 그런데 그 동방삭이 병에 걸려서 죽을 때에 무제에게 "폐하 부디 망신(妄臣)들의 참언에는 각별히 조심하십시오." 하고 말하는 것이었다.

이때 무제는 효경(孝經)에 있는 말을 인용하면서 이렇게 감탄하였다고 한다.

"어허. 새는 죽을 때에 애처롭게 울고 사람은 죽을 때에 좋은 말을 한다더니 과연 그 말이 맞는 말이구나."

062 ‥

현상금으로 천금을 주겠다

* 呂不韋列傳

진(秦)의 장양왕(莊襄王)은 즉위한 지 얼마 안 된 3년 만에 죽었다. 신왕은 아직 어렸다. 그것을 기화로 하여 승상(丞相) 여불위(呂不韋)는 태후(太后)와의 밀통(密通)을 거듭하고 있었다.

태후는 일찍이 장양왕(자초; 子楚)에게 여불위가 양보하였던 여인이었다. 그 당시 여불위는 권세가 대단하여서 그의 집에는 식객이 3,000명씩이나 되었다고 한다.

당시는 위(魏)의 신릉군(信陵君)과 초(楚)의 춘신군(春申君), 조(趙)의 평원군(平原君), 제(齊)의 맹상군(孟嘗君) 등은 제각기 천하의 인재들을 초빙하여 식객으로 거느리면서 그 질과 양을 서로 겨루고 있었는데 여불위도 그들에게 지지 않으려고 자기가 거느리는 식객들에게 각자의 견문을 기록하게 하여 책으로 만들었던 것이다. 이것이 현재도 전해지고 있는 '여씨춘추(呂氏春秋)'라는 것이다.

거기에는 제자백가(諸子百家)의 사상을 비롯하여 천지만물의 모든 것이 망라되어 있다고 하여 여불위는 득의양양하여 자랑하고 있었는데 그것을 함양(咸陽)의 거리 어귀에 전시해 놓고는 다음과 같은 게시문을 내걸었다는 것이다.

'이 책에서 한 자라도 고칠 수 있는 사람에게는 상금으로 천금(千金)을 주겠다.'

　그러니까 오자(誤字)가 전혀 없는 완벽한 것이라는 의미였던 것이다.

* 李將軍列傳

　활을 잘 쏘는 한(漢)의 이광(李廣)을 흉노(匈奴)들은 비장
군(飛將軍)이라고 부르면서 몹시 두려워했다.

　이광이 우북평(右北平)의 태수(太守)가 되었는데 그로부
터 수년 동안은 흉노가 침범하지 못했다고 한다.

　그러던 어느 날 이광은 사냥을 나갔다가 풀숲에 있는 바
윗돌을 호랑이인 줄로 알고 활을 쏘았다. 화살은 틀림없이
바윗돌에 명중하였는데 이광이 다가가서 보았더니 그것은
호랑이가 아니라 바윗돌이었다. 그런데 화살촉은 그 바윗
돌에 박혀 있는 것이 아닌가.

　이상하게 생각한 그는 다시 또 그 바윗돌을 향해서 활을
쏘아보았다. 그러나 이번엔 화살촉은 박히지 않고 퉁겨져
나가기만 하는 것이었다.

　이 고사에서 '호랑이인 줄 알고 쏜다.' 즉 정신이 집중된
상태이면 바윗돌에도 화살이 박힌다는 의미로 쓰이게 되
었다. 또 여기서 '정신일도(精神一到)면 금석(金石) 가투
(可透)한다' 는 말이 생겨나기도 하였다.

멸망을 초래한 환관(宦官)의 음모

* 李斯列傳

결단을 촉구하는 문구로 쓰이는 말인데 진(秦)의 시황제(始皇帝)는 기원전 210년 여행지에서 병사하였다. 죽음에 즈음해서 그는 장자(長子)인 부소(扶蘇)를 후계자로 삼으려고 하였지만 환관인 조고(趙高)는 평소에 저를 잘 따르고 어리석은 막내아들 호해(胡亥)를 옹립하려는 마음에서 호해에게 제의하였다. 그러나 호해는 이렇게 거절하였다.

"형을 제쳐 두고 아우가 그 자리를 차지하다니 당치도 않은 말이며 이런 불의와 불효를 저지른다면 하늘이 용서하지 않을 것이고 진은 망하고야 말 것입니다."

그러나 조고는 "은(殷)의 탕왕(湯王)과 주(周)의 무왕(武王)은 군주를 죽였지만 비난되기는커녕 의롭다고 칭찬받지 않았습니까." 하면서 "단호히 감행한다면 귀신도 달아나는 법입니다." 하고 강권하였다.

그러고는 승상(丞相)인 이사(李斯)를 협박해서 호해를 옹립할 음모를 꾸며 나갔다. 이렇게 해서 부소를 자살하게 만들어 호해가 이세황제(二世皇帝)가 되기는 하였지만 4년 후에는 항우와 유방(劉邦) 등의 반란으로 진은 끝내 멸망하고야 말았던 것이다.

065··
위기를 탈출한 유방(劉邦)

*項羽本紀

큰일을 할 때에는 사소한 것에 구애되어서는 안 된다는 말
인데 그 유명한 홍문(鴻門)의 회합이 있었을 때의 일이다.

그것은 항우(項羽)와 패공(沛公) 유방(劉邦)이 서로 싸우
지 말자고 화해를 하기 위한 회합이었다. 그러나 사실은 항
우의 측근 장수들이 패공을 암살할 계획이었다.

천하를 얻기 위해서는 지금의 이 기회를 놓쳐서는 다시
는 기회가 없을 것이라고 판단한 항우측의 장수 범증(范
增)이 여러 차례 항우를 재촉하여 패공을 죽이라고 하였지
만 웬일인지 항우는 우물쭈물하면서 손을 쓰지 않는 것이
었다. 할 수 없이 항장(項莊)에게 칼춤을 추게 하여 기회를
보아서 패공을 죽이도록 하였지만 이번엔 항우의 숙부인
항백(項伯)이 함께 일어나서 칼춤을 추는 바람에 방해가
되어서 뜻을 이루지 못하게 되었던 것이다. 패공의 부하
장수인 번쾌(樊噲)는 변소로 가는 패공을 뒤따라가서 그대
로 도망을 치도록 권유하였다. 그러나 패공은 작별인사를
해야 한다고 머뭇거리는 것이었다. 이때 번쾌가 한 말이
이것이다.

"대행불고(大行不顧)……." 하면서 패공을 재촉하여서

도망을 쳤는데 패공은 자기의 수레와 병사들을 그대로 내버려둔 채 혼자서 말을 타고 겨우 네 명의 보병만을 거느리고 샛길을 통해서 가까스로 저의 진지로 돌아갔다.

이때 패공에게 어떤 일이 일어났더라면 아마도 중국의 역사도 크게 달라졌을 것이다.

066 ··
책임을 질 것인가, 달아날 것인가

* 後漢

유방(劉邦)과의 4년에 걸친 싸움에서 패배한 항우(項羽) 가 한 말이다.

해하(垓下)에서 한(漢)군의 포위망을 돌파하고 고향을 향 해서 남하하기 200여 킬로미터, 겨우 항우는 장강(長江)을 눈앞에 둔 오강(烏江) 안미성(安微省) 화현(和縣)에 도착하 였다. 여기서 장강을 건너서 동쪽으로 가면 지난날 봉기하 였던 강동(江東)땅이다. 오강의 정장(亭長; 경찰서장격)이 나룻배를 마련해 놓고 재기할 것을 권유하였지만 그는 서 글프게 웃으면서 사절하였다.

"아니. 이제 그만두기로 하겠네. 하늘이 나를 버렸거든. 나는 일찍이 강동의 젊은이 8,000명과 함께 건너서 원정을 떠났었는데 되돌아온 그 젊은이들은 지금 한 사람도 없다 네. 가령 그들의 부모형제들이 동정을 해서 나를 왕으로 맞 이해 준다고 하더라도 무슨 면목으로 그들을 대면한단 말 인가. 내 마음이 허락하지를 않는구만."

그러고는 추격해 온 적군을 향해 달려나가서 무찌른 다음 저 스스로 목을 쳐서 장렬하게 최후를 맞이하였다. 깨끗하 게 책임을 진 최후였다고 할 것이다.

067··

오두미(五斗米) 때문에 허리를 굽히다니

* 東晉

　도연명(陶淵明)은 4세기 말에서 5세기 말에 걸쳐서 산 시인(詩人)이다.

　그는 장강(長江) 중류 남쪽의 명승지인 노산(盧山) 기슭에서 태어났으며 동진(東晉)의 명장(名將) 도간(陶侃)의 증손자인데 젊었을 때에 관계(官界)로 나가서 40세 전후에 고향과 가까운 팽택현(彭澤縣)의 현령(縣令)이 되었는데 부임한 지 80여 일이 지난 어느 날 군(郡)의 상급자가 순시를 왔다.

　그는 예장을 하고 출영을 하여야 한다는 말을 듣고는 "오두미(五斗米; 현령의 1일분 녹봉)를 받기 위해서 저따위 대단치도 않은 놈에게 굽실거리기는 싫다."고 하여 그날로 사직하고는 고향으로 돌아가버렸다는 것이다.

　그가 남긴 '귀거래사(歸去來辭)'는 명시(名詩)로써 잘 알려져 있다.

　만년에 그는 노산 기슭에서 국화를 가꾸고 술을 즐기면서 살았는데 동진이 망하고 송(宋)이 건국되어서 그를 등용하려고 불렀으나 끝내 나가지를 않았다고 한다.

068 ··
헝클어진 노끈은 서둘러서는 풀지 못한다

* 前漢

한(漢)의 선제(宣帝) 때에 발해군(渤海郡)에 흉년이 계속 되어서 곤궁에 빠진 농민들이 도둑 떼가 되어서 치안이 매우 혼란해졌다. 선제는 용수(龍遂)라는 신하를 발해군의 장관으로 기용하기로 하고 그를 불러서 소신을 물어보았다. 그는

"폐하께서는 무력으로써 진압하실 생각이십니까. 아니면 선무로써 다스릴 생각이십니까?"

"그야 물론 선무를 하고 싶네. 자네를 임명하는 것도 바로 그 때문이야."

"혼란을 다스리는 것은 헝클어진 노끈을 푸는 것과 같은 것이어서 조급하게 서둘러서는 풀 수가 없습니다. 그렇게 하기 위해서 특별한 방법을 쓰도록 허락하여 주십시오."

그는 황제의 허락을 받자 발해군으로 부임하여 호위도 없이 군청으로 직행하였다.

그때까지는 닥치는 대로 함부로 체포하던 것을 일체 금지 시키고 이렇게 포고하였다.

'앞으로는 농기구를 갖고 있는 자는 양민으로 인정하고 무기를 갖고 있으면 도둑으로 간주하겠다.'

그런 결과 해산하는 도둑 떼도 생겨났지만 그대로 무기를
갖고 있는 자들에게는 그것을 팔아서 소를 사도록 하여 농
업을 하도록 장려하였다. 이렇게 했더니 얼마 안 가서 식량
이 쌓이게 되었고 그에 따라서 소란도 진정되어 갔다.

　이와 비슷한 명언으로 병법가 손빈(孫臏)이 말한 '난란분
규불공권(亂難粉紏不控捲; 헝클어진 끈을 풀자면 잡아당
기지 말고 느슨하게 하여야 한다)' 라는 것이 있다.

069 ··

조강지처(糟糠之妻)

* 後漢

조(糟)는 지게미이고 강(糠)은 쌀 등겨로써 '조강지처(糟糠之妻)'란 지게미나 쌀 등겨를 먹을 만큼 가난 속에서 함께 고생한 아내라는 의미이다.

후한(後漢)의 광무제(光武帝) 때에 대사마(大司馬; 최고사령관)가 된 송홍(宋弘)은 강직하고 근엄할뿐더러 풍채도 매우 빼어난 인물이었는데 광무제의 누이인 호양공주(湖陽公主)가 그를 사모하고 있어서 광무제는 누이의 마음을 알고 그녀의 뜻을 이루어 주려고 어느 날 송홍이 입궐했을 때에 호양공주를 병풍 뒤에 숨겨 두고는 송홍에게 이렇게 물어보았다.

"부자가 되면 친구도 바꾸고 출세를 하면 아내를 바꾼다는 말이 있는데 그것이 인간의 본심이 아닐까?"

그러나 송홍은

"아니옵니다. 아무리 부자가 되었다 하여도 가난할 때에 사귄 친구를 바꿀 수는 없는 일이고 출세를 했다고 해서 조강지처를 내쫓는다는 것은 있을 수도 없는 일이옵니다."

이 말을 들은 제(帝)는 병풍 쪽을 돌아다보면서 "다 틀렸구만." 하고 말하더라는 것이다.

070··
우선 괴(傀)부터 시작하십시오

* 春秋戰國·燕

연(燕)은 현재의 중국 북경(北京)을 포함한 하북성(河北省) 북부에서 800년 가깝게 계속된 나라이다. 기원전 4세기 말 연은 내정이 혼란했는데 그 직후에 즉위한 소왕(昭王)은 나라의 재건을 위해서는 먼저 유능한 인재가 필요하다고 생각하여 사부인 곽괴(郭傀)에게 의논하였더니

"옛날에 어느 왕이 명마를 구하도록 하였는데 명령을 받은 사람이 죽은 말의 뼈다귀를 오백 금이나 주고 사 가지고 돌아왔다고 합니다. 왕이 노하자 그 자는 '죽은 말의 뼈다귀를 오백 금씩이나 주고 샀다면 살아 있는 말은 더 비싼 값을 쳐줄 것이라는 소문이 돌게 되어서 좋은 말을 끌고 오는 자가 나타나게 될 것입니다.'라고 말하더라는 것입니다. 과연 그 후 일 년도 되기 전에 명마를 세 마리나 얻게 되었다고 합니다. 인재를 구하시려거든 우선 이 괴(傀)부터 시작하십시오. 저 같은 인물도 중용되었다고 한다면 더 훌륭한 인재들이 모여들게 될 것이옵니다."

그래서 왕이 곽괴를 위하여 좋은 저택을 지어주고 노사(老師)로 극진히 받들어 모시자 천하의 인재들이 속속 연경으로 모여들었다는 것이다.

071··

거악(巨惡)은 그대로 두고 송사리들만 잡다니

* 後漢

　거악(巨惡)은 그대로 두고 송사리들만 잡아들여서는 안 된다는 것은 언제나 변함없는 서민의 감정이다.

　이 통렬한 말은 1,800년 전에 반골적인 한 관리가 한 말로서 후한(後漢)의 순제(順帝) 때인 홍안(興安) 2년 조정에서는 전국 각지에 여덟 명의 검찰관을 파견하여서 지방관리들의 부정을 감찰하도록 하였는데 그중의 한 사람으로 장강(張綱)이라는 인물이 있었다.

　그는 타고 다니던 마차의 바퀴를 빼어서 땅에 묻어버리고 말았다. 장강은 황후의 친척으로서 고관 자리에 있는 자의 부정 사실을 보고하였는데 순제는 그것이 사실일 거라고 생각은 하면서도 단안을 내리지 못하는 것이었다.

　장강은 그 당시 치안이 너무도 악화되어서 손을 쓸 수가 없게 된 광릉군(廣陵郡)의 태수(太守)로 임명되었는데 임지에 도착하자 즉시 적도들의 본거지에 단신으로 찾아 들어가서 그들을 귀순시킴으로써 주민들의 존경을 받고 있었는데 아깝게도 재임 1년 만에 병사하고 말았다.

072 ··
너무 아끼다 보면 큰 손해를 본다

* 西晉

　인간의 욕심이란 것은 가끔씩 이성을 흐리게도 한다. 냉정히 생각해 보면 손해가 되는 것임을 깨닫지 못하고 일을 처리하고 난 다음에 "이럴 줄 알았더라면 하지 말았을 것을⋯⋯." 하고 후회하는 경우가 너무도 많다.

　이 이야기는 조금 우스운 이야기이기는 하지만 그 원리는 이해가 된다.

　서진(西晉)의 2대째 혜왕(惠王)은 무기력해서 실권은 가(賈) 황후와 그 일족들이 장악하고 있었다. 그 횡포에 반발해서 제왕(諸王)들이 궐기하는 등 쿠데타가 연이어 일어나서 조정은 극심한 혼란에 빠져 있었다.

　마침 황궁 경비대장에 석숭(石崇)이란 인물이 있었는데 그의 애첩을 어떤 유력자가 탐을 내어 저에게 그 애첩을 양보해 달라고 요청하는 것이었다. 석숭은 당연히 이를 거절하였다. 이 일에 앙심을 품은 그 유력자는 무고를 함으로써 석숭은 체포되어서 처형되고 말았는데 그때 그를 체포한 관리에게 "내 것을 탐내던 놈의 모함 때문이다."라고 말하였을 때 되돌아온 대답이 이 말이었다는 것이다. "너무 아끼다가 이런 손해를 보게 된 것이다."라고.

참으로 슬픈 말이다.

"나는 노예의 자식으로서 매를 맞거나 욕을 먹지만 않게
되면 그것으로서 만족합니다." 하고 말하는 것이었다.

위청(衛靑)은 사생아였다. 부친은 정계(鄭季)라고 하였으
며 평양공주가(平陽公主家)에서 일하던 하급관리였다. 그
가 같은 곳에서 일하던 여비와 밀통을 하여 거기서 태어난
것이 위청이었다.

부친의 집에 데려가서 거기서 자란 위청 소년은 종 형제
들로부터 "너는 종의 자식—"이라고 괴롭혀졌으며 양치기
를 하면서 지내야 했다.

그러던 어느 날 누구를 따라서 죄인들이 많이 있는 곳으
로 갔었는데 그 죄인들 중에 한 사람이 위청의 얼굴을 한참
쳐다보더니

"오오! 고귀한 상이다. 장차 크게 될 인물이다."

하면서 감탄을 하자

"종의 자식으로서…… 큰 인물이 다 뭡니까."

그렇게들 말했다는 것이다.

이 위청 소년이야말로 뒷날의 위청 대장군(大將軍)이니

사람의 일이란 알 수가 없는 일이다.

한(漢) 제국이 수립된 이래 수십 년 동안을 흉노(匈奴)의 침략시대가 되어서 대대적인 흉노 토벌을 하게 되었는데 이때 혁혁한 전공을 세운 사람이 바로 위청 대장군이었다.

오자서(伍子胥)의 원한

＊春秋戰國 · 吳

오(吳)와 월(越)의 싸움은 격렬할 뿐만 아니라 대조적인
삶을 산 두 사람의 인물, 즉 오의 중신인 오자서(伍子胥)와
월의 중신 범려(范蠡)의 존재에 의해서도 화려하게 드러나
고 있다.

우선 오자서의 집은 장강(長江) 중류 지역의 대국인 초
(楚)의 명문이었지만 모함에 속은 평왕(平王)에 의해서 부
친과 형이 억울하게 주살되었기 때문에 오자서는 복수할
것을 맹서하고 망명하여서 오왕(吳王) 합려(闔閭)의 측근
이 되어 오의 부강에 노력하였다.

드디어 오의 대군은 초로 진격을 하여 수도 영(郢)을 점령
하였다.

평왕은 이미 죽고 없어서 오자서는 그의 묘를 파헤치고
시체에 매질을 하여서 분풀이를 하였다.

그 후 오왕 합려가 전사하고 그 아들 부차(夫差)의 대가
되었는데 월에게 승리하여 복수를 하게 된 부차는 어느새
월에 대한 경계가 해이해졌다. 이것을 경계하여 사사건건
반대만 하는 오자서를 미워해서 끝내는 자살할 것을 강박
하였다. 죽음에 즈음해서 그가 남긴 말이 이것인데

"나의 묘에 개오동나무를 심어다오. 그것이 자라면 오왕 부차의 관을 만들 것이다. 또 내 눈알을 뽑아내어 거리 어귀에 걸어 달라. 월군(越軍)이 입성해서 오를 멸망시키는 광경을 똑똑히 지켜볼 것이다."

10년 뒤 오는 월에게 멸망되고 부차는 오자서를 대할 면목이 없다면서 자살하였다고 한다.

* 平原君虞卿列傳

　초(楚)와의 맹약(盟約)을 맺기 위해서 20명의 식객을 거
느리고 초에 도착하여 초왕(楚王)과의 교섭을 시작하였다.
이른 아침부터 시작된 교섭이 한나절이 넘도록 아무런 진
전이 없었다. 그래서 모수(毛遂)가 평원군(平原君)의 옆으
로 가서 교섭의 진행을 재촉하였다. 이것을 본 초왕이
　"그 사람은 누구요?" 하고 묻자, 평원군이
　"저의 부하입니다." 하고 대답하자, 초왕은
　"무엇이 부하? 물러 있거라. 네 따위가 나설 자리가 아니
다!" 그러자 모수는 칼자루에 손을 대면서
　"그 말씀은 뒤편에 있는 무리들을 믿고 하시는 것 같은데
지금 당신과 나와의 거리는 십 보밖에 안 되니 저 무리들의
도움을 받을 수는 없을 것입니다. 당신의 목숨은 이 모수의
손 안에 있소이다."
　이렇게 협박한 다음에
　"초는 넓은 영토와 백만 대군을 갖고 있으니 천하를 호령
할 자격이 충분합니다. 그런데도 불구하고 백기(白起) 같
은 인물에게 인솔된 진군(秦軍)에게 당하고 있는 것은 무
슨 까닭일까요?"

하면서 한편으로는 협박도 해가면서 초왕을 설득하여서
는 맹약 체결을 성공시켰다.

이래서 초는 원군을 조(趙)로 보내게 되었는데 귀국한 평
원군은

"나는 그동안 수많은 사람들을 겪어 왔지만 모수에게 그
런 능력이 있는 줄은 미처 몰랐다. 모수의 세 치 혀가 백만
대군보다도 더 세다는 것을 비로소 처음 알게 되었으며 앞
으로는 함부로 사람을 평가하지 않기로 하겠다."

그 다음부터는 모수를 식객으로서 최고의 대우를 하였다
는 것이다.

076··
자식키우는것을보면그인품을알수가있다

* 日者列傳

'식물은 적합한 땅이 아니면 자라지 않는다. 자식들도 하고자 하는 마음이 없으면 가르치려고 하여 보아도 뜻을 이룰 수는 없다.'는 말인데 전반부가 유명한 말이지만 깊은 뜻은 물론 후반부 쪽에 있는 것이다.

부모들이 자식들을 자신들이 생각한 대로 키우겠다고 생각하는 것은 드문 일이 아니다. 이것은 예나 지금이나 변함이 없는 일이다. 특히 잘못된 것은 부친이 하려고 했다가 자신이 이루지 못한 것을 자식들에게 시키려고 강제하거나 모친이 단순한 허영심 때문에 자식들에게 나갈 길을 선택하도록 하는 케이스이다. 자식들은 그에 따르고 싶어도 흥미가 없어서 고통만 맛보게 되고 만다.

따라서 자식들의 교육 상태를 보면 그 부모들의 인품 정도를 짐작할 수가 있다는 것이다. 자녀들이 저 자신에게 적합한 길을 걷고 있다면 그 부모는 현명한 사람이라고 볼 수 있을 것이다. 거기에는 어쨌든 자녀들이 어떤 것을 좋아하는지 그것을 잘 살피는 것이 매우 중요하다고 한다. 당연한 일이기는 하지만 실제로는 그리 용이한 일은 아니다.

말이나 소의 감별로 이름을 올리고 재산까지도 모은 사람이 있었다고 예를 들고도 있는데 이처럼 재능의 길을 택해서 성공한 예는 얼마든지 있는 것이다.

　한편 싫어하는 공부를 강제하다가 아깝게도 그 귀중한 재능을 발휘하지 못한 채 인생을 헛되게 끝내버린 예도 적지 않은 것이다.

  사랑하는 여인 우희(虞姬)와 마지막 작별을 한 뒤에 항우
(項羽)는 불과 800명을 거느리고 날이 밝기 전에 포위망을
탈출하였다. 이런 사실을 알고 뒤쫓는 한(漢)군은 7,000명
이나 되었다.

  유방(劉邦)은 항우의 목에 막대한 현상금까지 걸어놓고
있었다. 항우가 회수(淮水)를 건넜을 때에는 그를 따르는
병사는 100여 명으로 줄어 있었다. 그것은 점점 더 줄어서
겨우 20여 명밖에 남지 않았는데 장강(長江)을 건너려고
오강(烏江)이라는 곳에 이르렀을 때 오강의 정장(亭長; 경
찰서장격)이

  "여기에는 이 배 한 척밖에는 없습니다. 어서 빨리 건너
십시오. 한군이 뒤따라오더라도 강을 건널 수는 없습니
다."

  정장은 항우의 재기를 격려도 하였다. 그러나 항우는 서
글픈 웃음을 지으면서 이렇게 말하는 것이었다.

  "아니야. 이제 그만두기로 하겠네. 하늘이 나를 버렸어.
강 건너 저쪽 강동(江東)은 내가 8,000명의 젊은이들과 함
께 궐기하였던 곳인데 지금 돌아온 사람은 한 사람도 없으

니 이제 와서 어떻게 나 혼자만이 돌아갈 수가 있겠는가? 혹시 아무도 나를 나무라지 않는다 하더라도 도저히 그들을 대면할 염치가 없구만." 그러고는 "이것은 내가 아끼던 말일세. 이보다 더 훌륭한 명마는 없을 것이니 잘 보살피며 기르도록 하게나."

하면서 애마 추(雛)를 정장에게 선물로 주고는 칼을 뽑아 들고 적중으로 뛰어들었다. 항우는 적병들을 닥치는 대로 쳐죽이고는 스스로 목을 쳐서 장렬한 최후를 마쳤다. 현상금을 노리고 한의 병사들이 그 시체를 서로 차지하려고 다투다가 수십 명이 죽었다고도 한다.

한식절(寒食節)의 유래

* 春秋戰國

중국에서는 지금도 매년 4월 청명일(淸明日; 4일 또는 5일)을 한식절(寒食節)이라고 하여 성묘(省墓)를 한다. 이것은 원래 청명의 전날에 행하던 한식절이 당대(唐代)에서 변하게 된 것이라고 한다.

진(晋)의 공자(公子) 중이(重耳)는 내분 때문에 망명을 하여 타국을 유랑하게 되었는데 먹을 것이 없어서 굶어 죽을 지경이 되었을 때 모시고 가던 신하의 한 사람인 개자추(介子推)가 저의 넓적다리 살을 베어서 공자 중이에게 먹였다.

그로부터 18년이 지난 뒤에 중이는 귀국하여 즉위함으로써 문공(文公)이 되었다. 처음부터 그를 모시고 따라다녔던 다섯 명의 신하들 중 네 명에게는 후한 상을 내렸지만 실수로 넓적다리 살까지 베어서 대접하였던 개자추에게는 상을 주지 않았다.(본인이 사양했다는 설화도 있다.) 이것을 보다 못한 개자추의 측근 인물이 궁정의 대문짝에 글을 써 붙였는데 그 글이 이것으로서 한 마리의 용이 다섯 마리의 뱀을 거느리고 고달픈 여행을 하다가 살던 연못으로 되돌아온 경위를 열거하고는 다음 구절로 끝맺음을 하였다.

'네 마리의 뱀은 제각기 제 구멍으로 들어갔지만 한 마리만 들어갈 구멍이 없어서 황야를 떠돌면서 통곡을 하고 있다.'

이 글을 보고 문공은 깜짝 놀라서 곧 개자추를 찾게 하여 겨우 면상산(綿上山)에 숨어 있다는 사실을 알게 되었지만 아무리 불러 보아도 나오지를 않는 것이었다. 그래서 산에다 불을 지르면 나올 줄로 알고 불을 지르게 하였더니 결국 개자추는 그 불에 타 죽었던 것이다.

세상 사람들은 개자추를 불쌍하게 생각하여 매년 그날은 불을 사용하지 않고 한식절이라고 하여 찬 음식을 먹으면서 그의 영혼을 위로하였다는 것이다.

문공은 그 면상산 일대를 개산(介山)이라고 이름 붙이고 그의 영지(領地)로 삼아서 공양에 보태도록 하였다는 것이다.

079 ··
천자(天子)라도 법은 지켜야지

* 長釋之馮唐列傳

공공(公共)이란 말이 처음으로 쓰이게 된 곳이다. 법무장관으로서 매우 엄격했던 장석지(長釋之)가 한 말이다.

한(漢)의 문제(文帝)가 외출을 하여 어느 다리 목에 다다랐을 때에 한 사람의 사나이가 다리 밑에서 갑자기 튀어나오는 바람에 문제가 타고 있던 마차 말이 놀라서 소동을 일으켰다. 호위병이 그 사나이를 잡아서 장석지에게 인계하였는데 장석지가 심문을 하였더니 그 사나이는

"나는 시골에서 지금 막 올라온 길인데 천자님의 행차 소리가 들려서 당황한 나머지 다리 밑으로 몸을 숨기고 있었습니다. 꽤 시간이 지났기에 이제 행차가 다 지나가신 줄로 알고 나와서 보았더니 천자님의 마차가 바로 눈앞에 있었습니다. 그래서 급한 김에 냅다 뛰었던 것입니다."

장석지는 이 사나이를 벌금형으로 처리해 버리고 말았다. 나중에 이 사실을 알게 된 문제가 노하면서

"겨우 벌금형이라니 짐의 마차 말을 놀라게 한 놈이 아닌가. 다행히 말이 온순해서 그 정도로 그쳤지만 만약 다른 말이었더라면 큰 소동을 일으켜서 짐이 크게 다쳤을는지도 모를 일이 아닌가. 그런데도 겨우 벌금형으로 끝냈단 말

인가?'

이 말에 대해서 장석지는 의연한 태도로 이렇게 대답했다
고 한다.

"법(法)이라고 하는 것은 천자님이시더라도 공공의 것으
로서 지키셔야만 하는 것입니다. 법에도 없는 죄를 씌워서
처벌을 할 수가 없지 않겠습니까?"

장석지는 그때 벌써 죄형법정주의(罪刑法定主義)를 주장
하고 있었던 것이다.

080··
황제(皇帝)의 유래

* 秦

  황제(皇帝), 이 말은 지금으로부터 2,200여 년 전에 진(秦)
나라의 시황제(始皇帝)가 처음 쓴 말이다.

  진시황은 천하를 통일한 때에 자기는 천하의 주인으로서
거기에 알맞은 명칭이 필요하다고 하여 이렇게 생각하였
다고 한다.

  "나의 덕(德)은 삼황(三皇)을 합친 것과 같고 공적은 오제
(五帝)를 능가할 만한 것이니 이것을 모두 합쳐서 황제라
고 하자."

  이것은 모두 태고의 전설에 있는 성왕(聖王)들로 천황(天
皇), 지황(地皇), 인황(人皇)을 삼황(三皇)이라고 하며 그보
다 나중에 나타난 황제(黃帝), 전욱(顓頊), 제곡(帝嚳), 요제
(堯帝), 순제(舜帝)를 오제(五帝)라고 한다. 이 황(皇)과 제
(帝)를 땄던 것이다.

  그리고 그때까지는 국왕이 죽은 뒤에 생전의 업적에 따라
서 시호(諡號)를 붙여주던 관습을 폐지하고 자기는 최초의
황제이므로 시황제라고 하고 그 다음 대부터는 이세황제
(二世皇帝), 삼세황제(三世皇帝)로 부르도록 하였다. 그러
나 삼세황제까지도 가지 못하고 이세황제만에 그만 멸망

하고 말았다.

　또 황제의 자칭을 짐(朕)이라고 하게 된 것도 시황제가 처음 시작한 말이다.

081 ··
철저한 도회법(韜晦法)

* 唐

　자신의 재능이나 본심 또는 처지를 숨겨서 남이 모르도록
하는 것을 도회(韜晦)라고 한다. 도(韜)도, 회(晦)도 감춘다
는 의미이다.

　본심이 드러나서는 불리하다던가 곤란할 경우에 남을 속
이는 처세 방법으로 중국의 고전에는 여러 가지 도회법과 도
회 인생을 산 사람들의 이야기가 기록되어 있지만 그중에서
도 루사덕(婁師德)의 고사는 너무도 철저한 예일 것이다.

　루사덕은 당(唐)의 측천무후(則天武后)시대에 변경 경영
에 공을 세워서 재상까지 된 인물이지만 온후한 인품으로
서 무익한 다툼을 하지 않았다. 그의 동생이 지방장관으로
임명되었을 때에 그는 이렇게 말하였다고 한다.

　"우리 형제가 모두 이처럼 함께 출세를 하면 시기하는 사
람이 생겨날 것인데 너는 앞으로 어떻게 처신할 작정이
냐?"

　"네. 이제부터는 누가 얼굴에 침을 뱉더라도 잠자코 닦고
말겠습니다."

　이 말을 들은 루사덕은 걱정스러운 표정으로 다음과 같이
타일렀다는 것이다.

"그래서 걱정이란 말이다. 상대가 그렇게까지 할 정도라면 엄청나게 노했기 때문일 것이다. 그러니 침을 그냥 닦기만 하면 상대에게 반항하는 것이 되어서 더 노하게 만들뿐이다. 침은 그대로 내버려 두어도 저절로 마르게 될 것이니 그저 웃어넘기는 것이 더 좋을 것이다."

082 ··
웃지 않는 여인

* 周

   기원전 8세기말, 주(周) 왕조의 12대 유왕(幽王) 때의 일이다.

   유왕은 포(褒; 섬서성(陝西省) 남서부)의 영주가 바친 미녀 포사(褒姒)에게 반해 있었지만 그녀는 결코 웃음을 보이지 않는 것이었다. 왕이 여러 가지로 애써 보았지만 그녀는 언제나 굳은 표정으로 웃지를 않았다. 그런데 왕은 전부터 제후(諸侯)들과의 사이에 외적이 침입해 오면 봉화(烽火)를 피워 올리기로 하여 그것을 본 제후들이 병사를 이끌고 달려오기로 약속이 되어 있었는데 마침 실수로 그 봉화가 피어 올랐는데 달려온 제후들은 적병이 없으므로 의아해 하였다. 이 꼴을 본 포사는 깔깔거리면서 크게 웃는 것이었다.

   이때부터 왕은 가끔씩 봉화를 피워 올리게 하여 포사의 환심을 사려고 하였지만 달려오는 제후는 차츰 줄어들었다. 그 뒤에 정말로 반란군이 쳐들어왔을 때에 봉화를 피워 올렸지만 그때에는 아무도 달려오는 자가 없었고 왕은 끝내 피살되고 말았다.

   그로부터 주 왕조는 쇠망의 길로 접어들게 되었던 것이다.

083

맥수지탄(麥秀之嘆)

* 殷

   나라가 망한 것을 영탄한 '국파산하재 성춘초목심(國破山河在 城春草木深)'이라는 두보(杜甫)의 명시(名詩)의 뿌리라고도 할 만한 맥수지탄(麥秀之嘆)이라는 고사성어가 있다.

   은(殷)의 주왕(紂王)의 포악(暴惡)을 보다 못한 이종 형인 미자(微子)가 간하였지만 듣지 않으므로 망명해 버렸고 뒤이어 숙부인 비간(比干)이 엄하게 타일렀더니 "훌륭한 말을 하는 성인의 마음이 어떻게 생긴 것인지 보고 싶다."면서 그 숙부의 심장을 끄집어내기도 하였다.

   같은 숙부인 기자(箕子)도 간하였지만 듣지 않으므로 미친 척하면서 세상을 등지고 살았다. 그 후 곧 주(周)의 무왕(武王)의 공격을 받고 패하여 주왕은 자살하고 은은 망하고 말았다.

   몇 해가 지나 기자는 은의 서울을 찾아가던 도중에 은의 옛 수도였던 은허(殷墟)에 이르렀을 때 그때는 밭이 되어 버린 폐허에 초여름의 태양이 내리쪼이고 있었다. 그는 답답한 마음을 이렇게 노래했던 것이다.

   이것을 맥수지시(麥秀之詩) 또는 맥수지탄(麥秀之嘆)이라고도 하는 것이다.

084 ··
와신상담(臥薪嘗膽)

춘추(春秋)시대의 말기인 기원전 5세기 주(周) 왕조의 통제력은 쇠퇴하여서 제후국(諸侯國)이 서로 패권을 다투게 되었다.

장강(長江)의 하류인 강남(江南)지방에서는 지금의 소주(蘇州)에 수도를 두고 있던 오(吳)나라와 소흥(紹興)에 수도를 두고 있던 월(越)나라가 심하게 싸우고 있었다.

먼저 오왕 합려(闔閭)가 월(越)을 공격하였지만 부상당한 것이 원인이 되어서 죽게 되었다. 그 뒤를 이은 아들 부차(夫差)는 나무섶 위에 누워서 고통을 받으면서 복수심을 키워서 출입하는 신하들에게

"부왕이 월왕에게 죽게 된 것을 잊으셨습니까?"

하고 말하게 하였다.

이렇게 해서 2년 뒤에 부차는 월을 공격하여 회계(會稽)에서 격파하고 월왕 구천(句踐)을 신종(臣從)하게 하였다.

구천은 저의 방에 짐승의 말린 쓸개를 매달아놓고 드나들 때마다 그 쓸개를 핥으면서

"회계의 치욕을 잊고 있느냐?"

하면서 저의 마음을 굳게 다졌다.

이렇게 해서 20년이 지난 뒤에 월은 오를 멸망시키고 오왕 부차의 자살로 끝나지만 이 고사에서 어떤 목적을 달성하기 위해서 참고 견디면서 간난신고(艱難辛苦)하는 것을 와신상담(臥薪嘗膽)이라고 말하게 되었던 것이다.

085 ‥
주지육림(酒池肉林)

* 殷

하(夏) 왕조는 걸왕(桀王)의 악정으로 멸망하였고 은(殷) 왕조가 그 뒤에 일어났다.

은(殷) 왕조는 '덕이 금수에게까지 미쳤다.'고 할만큼 선정(善政)으로 막을 열어서 31대 약 500년간 계속된 뒤에 주왕(紂王)의 대에 가서 멸망하고 말았다.

이 주왕은 하의 걸왕에 못지않은 포악 음탕한 군주였다. 그는 어떤 씨족을 공격했을 때에 바쳐진 미인 달기(妲己)를 총애한 나머지 그녀가 하자는 대로 하였고 또 무거운 세금을 마구 거두어들여서 궁전에 보화를 가득 쌓아놓고 술잔치로 밤낮을 가리지 않았다. 술로 못을 만들고 고기로 숲을 이뤄놓고 밤을 새워서 술잔치를 즐겼는데 주지육림(酒池肉林)과 장야지음(長夜之飮)이란 말은 여기서 나온 말이다.

사기(史記)에는 또 남녀를 발가벗겨서 주지육림 사이를 뛰놀게 하였다고도 쓰여 있다. 역사는 되풀이된다고 하지만 걸왕의 육산포림(肉山脯林)과 주왕의 주지육림(酒池肉林)은 너무도 잘 닮아 있다.

086··

육산포림(肉山脯林)

* 夏

　우(禹)의 선정으로 시작된 하(夏) 왕조도 드디어 멸망할 때가 되었다. 고기를 산처럼 쌓아 올려놓고 육포를 수풀처럼 널어놓아서 그 위에 올라서면 10리 앞까지 내다보일 만큼의 높이가 되었고 술로 못을 만들어놓고는 북소리와 함께 3,000명이나 되는 인간들이 소가 물을 마시듯 못에 얼굴을 처박고 술을 마시는 것이었다.

　참으로 굉장한 광경이다. 가령 그것이 현실의 상황이 아니라 하나의 형용이라 하더라도 이것은 너무도 엄청난 발상이 아닐 수 없다.

　이것은 하 왕조의 최후의 제왕인 걸(桀)의 광태를 묘사한 것으로서 주지육림(酒池肉林)과 더불어 호화스러운 술잔치이지만 배덕적(背德的)인 술잔치를 가리키는 말이다.

　하 왕조는 17대 500년간 이어졌지만 걸(桀)의 대에 가서 멸망하고 말았다. 걸은 탐학하고 힘이 세어서 철구색(鐵鉤索)을 능히 끊었다고 기록하고 있다. 그러나 기원전 16세기인 그 당시는 아직 철은 없는 때였다.

　걸은 정복한 씨족으로부터 바쳐진 말희(末喜)라는 여인을 총애하여 그녀가 하자는 대로 육산포림(肉山脯林)과 같은 미친 놀음을 하였다는 것이다.

087 ··
장사꾼이 생각해낸 큰 장사

* 呂不韋列傳

'이것은 귀중한 물건이므로 손에 넣어 두자.'는 뜻이지만 본래는 상인들이 쓰는 용어였다.

춘추전국시대 양적(陽翟)의 상인 여불위(呂不韋)가 인간을 상품으로 비유하여 사용한 것이 어원(語源)이 된 것이다.

여불위는 여러 나라를 돌아다니면서 값싼 물건을 찾아내어서 비싸게 팔 수 있는 곳으로 갖다가 팔아서 큰돈을 벌어왔다. 그가 조(趙)나라에 갔을 때였다.

진(秦)에서 볼모로 보내어진 왕자 자초(子楚)가 거기에 있다는 소문을 들었던 것이다. 자초는 진의 태자(太子) 안국군(安國君)의 첩의 소생이었다. 안국군에게는 20명이나 되는 아들이 있었는데 자초의 생모(生母)인 하희(夏姬)는 안국군의 사랑을 별로 받고 있지 못했던 점도 있었지만 자초 역시 진에서는 별로 중요시하고 있지 않았기 때문에 그가 조에 볼모로 잡혀 있는 동안에도 진은 조를 공격한 일까지도 있었다. 이 때문에 자초는 조에서도 냉대를 받고 있는 형편이었다. 이처럼 진에서도 조에서도 별로 그 가치를 인정받지 못하고 있는 자초의 처지를 알게 되자 여불위는

'기화가거(奇貨可居)' 라고 말했던 것이다.

여불위는 이런 생각을 하였던 것이다.

'안국군에게는 20명이나 되는 아들이 있지만 정부인인 화양부인(華陽夫人)에게서 낳은 아들은 없으니 어떻게 해서든지 이 화양부인을 포섭해서 자초를 진의 후계자로 만드는 일이다. 그렇게만 되면 그 계기를 만든 저 자신에게도 큰 보상이 돌아오게 될 것이 분명하다.'

여불위의 이런 생각은 적중하여서 장차 큰 성공을 거두게 되었다.

088 ··
저만 살겠다는 비정한 아비

* 項羽本紀

한(漢)의 2년 봄, 한왕(漢王) 유방(劉邦)은 56만 명의 대군을 이끌고 초(楚)를 공격하였다. 그러나 항우(項羽)의 초군(楚軍)이 너무도 강해서 한군(漢軍)은 격파되어 도망치다가 곡수(穀水) 사수에 뛰어들어서 10여 만 명이 빠져 죽었는데 계속 추격되는 바람에 휴수(睢水)에서도 10여 만 명이 뛰어들어서 한때는 강물이 막힐 정도였다고 하였다.

한왕 유방은 삼중으로 포위되었으나 마침 돌풍이 일어난 틈을 타서 약간의 수병만을 거느리고 포위망을 탈출하였다.

고향인 패(沛)에 들러서 가족들을 데리고 도망치려고 하였지만 이미 부모는 항우에게 잡혀가고 없었다. 그러나 도중에서 두 아들 효혜(孝惠), 노원(魯元)을 만나게 되어 이 아이들을 자기의 수레에 태우고 계속 도망치기로 하였는데 초군의 추격이 너무도 급박해서 한왕은 두 아들을 수레 밖으로 떠밀어 내버리는 것이었다. 수레를 몰던 등공(滕公)이 급히 뛰어내려서 그 두 아들을 끌어올렸는데 이런 일이 세 번씩이나 되풀이되자 등공이 외치는 것이었다.

"아무리 위급하다 하더라도 아드님들을 내버릴 수는 없는 일이 아닙니까?"

089

제가 만든 법률 때문에 죽게 된 사나이

* 商君列傳

상앙(商勢)은 진(秦)의 효공(孝公) 밑에서 정치의 대개혁을 단행하여서 많은 공적을 쌓은 인물이다. 이 공로로 상군(商君)에 봉해졌고 10년간 진의 재상으로 있었다. 그동안 그는 너무도 엄격한 법치주의를 펴서 대개혁을 철저히 했다. 그러나 그 때문에 손해를 보는 사람이 많이 생겨나게 되었다. 그것은 여러 가지 특권을 빼앗기게 된 왕족들과 귀족들이었다. 그들은 상앙을 원망하여 언젠가는 복수를 하겠다고 앙심을 품고 있었다.

얼마 안 가서 효공이 죽고 태자가 그 뒤를 이어 혜왕(惠王)이 되었다. 이때 상군이 반역을 음모하고 있다는 밀고가 들어왔는데 공자(公子) 건(虔) 일파가 밀고했던 것이다. 상군은 체포될 것을 겁내서 도망을 하여 함곡관(函谷關)이란 곳까지 갔는데 그곳 여관에서 하룻밤 자려고 하자 여관주인이

"상앙님의 법률 때문에 증명서가 없는 사람은 재울 수가 없습니다. 재우면 처벌되니까요."

"아아, 법을 너무 엄하게 만들었다가 이 꼴이 되고 말았구나." 하고 탄식을 하였다는 것이다.

그는 결국 도망조차도 가지 못하고 거기서 체포되어 거열형(車裂刑)에 처해지고 말았다고 한다.

090··
진(秦)왕을 암살하려고 하였지만

* 刺客列傳

　연(燕)의 태자 단(丹)은 진(秦)왕(뒤의 시황제(始皇帝))에게는 원한이 많았다. 진은 연을 공격하려 하고 있었다. 진은 강국인데다가 이때는 날로 강성해지고 있었기 때문에 정면으로 대적해서는 도저히 이길 수 있는 상황이 아니었다.

　단은 생각 끝에 자객을 보내서 진왕을 암살하기로 하였던 것이다. 진왕에게 접근하여서 최근에 빼앗긴 영토를 모두 반환하라고 요구한 다음에 찔러 죽일 작정이었는데 그 자객으로는 형가(荊軻)라는 인물이 자원했다. 그러나 어떤 방법으로 진왕에게 접근하느냐가 문제였는데 마침 진에서 연으로 망명하여 와 있던 인물이 번어기(樊於期) 장군이었다. 그래서 진왕에게 접근하는 데에는 그 번어기의 머리를 선물로 삼기로 하였던 것이다. 진왕은 번어기의 목을 원하고 있기도 했었다.

　그래서 형가는 번(樊) 장군을 찾아가서 내용을 설명하고 "진왕에게 장군의 머리를 바치고 싶습니다. 그렇게 하면 진왕은 저를 기쁘게 맞이해 줄 것입니다. 그때 진왕의 소매를 붙들고 그의 가슴을 비수로 찌를 작정이올시다." 그러자 번어기는 "바라던 바이오. 꼭 그렇게 해 주시오." 하고는 스스로 저의 목을 쳤던 것이다.

* 袁盎晁錯列傳

 한(漢)의 무제(武帝)가 황후와 후궁을 데리고 행행(行幸)
했을 때의 일이다.

 그때까지는 궁중에 있을 때에도 황후와 후궁이 같은 서열
의 자리에 앉아 있었기 때문에 이날도 경비하는 자들은 같
은 서열에 두 사람의 좌석을 나란히 마련해 두었다. 그런데
막 좌석에 앉으려고 할 때에 무제는 후궁의 의자를 뒤쪽으
로 밀어내버리는 것이었다. 이 광경을 보고 있던 측근의 원
앙(袁盎)이 무제에게 말하였다.

 "존비(尊卑)의 구별을 분명하게 하심으로써 상하관계가
잘 되어갑니다. 황후가 계시는 한 후궁은 어디까지나 후궁
일 뿐입니다. 두 분의 자리를 동등하게 하여서는 존비의 구
별이 되지 못하는 것입니다. 폐하께서 후궁을 총애하신다
면 그 표현방법은 달리 얼마든지 있을 것이옵니다."

 무제는 이 사실을 후궁에게 이야기하였더니 후궁도 기뻐
하면서 원앙에게 금 50근을 하사하더라는 것이다.

092 ··

천하무쌍(天下無雙)

한(漢)시대에 흉노(匈奴)와의 싸움에서 용맹을 떨쳐서 위청(衛青), 곽거병(霍去病) 등과 함께 유명해진 이광(李廣) 장군은 활의 명인으로서 키가 크고 팔이 길었다. 이를테면 활을 쏘기 위해서 태어난 것 같은 인물이었다. 뿐만 아니라 그의 인품도 늠름해서 장군으로서 적합한 인물이었고 또 그의 혈통도 연(燕)의 태자(太子) 단(丹)을 죽인 이신(李信) 장군이 그의 선조였다.

그 이광이 장군으로서는 냉대되는 변경지대인 상곡(上谷)이란 곳의 태수로 있을 때에 이민족 담당관인 공손혼야(公孫昆耶)가 황제에게 상소한 글이 이것이다. 어쨌든 상곡은 흉노와의 싸움이 매일 벌어지고 있는 곳이었다.

"이광은 천하에 둘도 없는 인재입니다. 스스로도 실력에 자신을 갖고 있으며 언제나 야만족들과 잘 싸우고 있습니다. 이대로 이런 곳에 내버려두는 것은 아까운 인재를 썩히는 일이옵니다."

이광은 일찍이 문제(文帝)를 따라서 사냥을 갔을 때에 맨손으로 맹수를 때려잡은 일이 있었는데 그때 문제는

"아깝구나. 이광이 조금만 더 빨리 태어났더라면 만호후

(萬戶侯)쯤은 되었을 텐데……." 하고 말한 일도 있었다고
한다.

공손혼야의 상소에 따라서 그 후 이광은 상군(上郡)의 태
수로 영전되었다고 한다.

093 ··

묘혈을 판 수재

＊袁盎晁錯列傳

골육(骨肉)의 어원(語源)이 된 곳이다.

조착(晁錯)은 유능한 인물이었다. 상당한 학문을 쌓아서 태자의 시종이 되었는데 태자의 집에서는 그를 '지혜 주머니' 라고 할 정도로 신망도 두터웠다. 그러다가 태자가 즉위를 하여 경제(景帝)가 되자 조착은 내사(內史; 수도의 장관)로 임명되었고 그로부터 눈부신 출세를 하게 되어 언제나 황제의 은총을 독차지하게 되었으며 그는 여러 가지 법령도 만들어냈는데 그것들은 모두 제후(諸侯)들에게 매우 불리한 것들이었기 때문에 제후들로부터 강한 반감을 사게 되었다. 그때 고향에 있는 부친이 보다 못해 상경해서는 "네가 하고 있는 일은 도대체 무엇이냐? 제후들의 토지를 깎아내려서 일가친척들이 서로 다투게 하는 것들뿐이 아니냐. 세상사람들이 지금 뭐라고 말하는지 알고나 있느냐?"

"그러나 그렇게 하지 않을 수가 없었습니다."

부친은 절망한 나머지 "네놈 때문에 나까지 끌려 들어갈 수는 없다."고 하면서 그만 자살해 버리고 말았다.

그런지 열흘 뒤에 조착을 죽이라는 반란이 일어나서 그는 끝내 참살되고 말았던 것이다.

094··
술이나 마시면서 아무 말도 말아라

* 袁盎晁錯列傳

'매일 술이나 마시면서 아무 말도 하지 않는 것이 좋다.'

한(漢)의 문제(文帝)의 측근에 있던 원앙(袁盎)은 가끔 문제에게 간언을 잘해서 신임을 받고 있었다. 그러다가 그 간언이 너무 지나쳐서 문제로부터 경원되기도 하였다. 그래서 지방으로 좌천이 되어 제후국(諸侯國)인 오(吳)의 재상으로 가게 되었는데 출발하는 날에 조카인 원종(袁種)이 찾아와서 말하였다.

"오왕이란 사람은 오만한데다가 그 주위에는 간신들이 우글거리고 있다고 합니다. 그러므로 공연히 왕을 규탄하여 바른길로 돌리려고는 아예 하지 마십시오. 그런 일을 하다 보면 목적을 이루기도 전에 죽임을 당하게 되고 말 것입니다. 그보다도 그곳은 습기가 많은 곳이라고 하니 매일 술이라도 마시면서 아무 말도 하지 않는 것이 신상에 좋을 것입니다. 가끔 반란을 일으키지는 말라고 하더라도 다른 일은 모른 체하는 것이 좋겠습니다."

원앙에게는 적절한 충고가 되었을 것이었다. 원앙은 그대로 처신해서 오왕의 신임을 얻어서 곧 중요한 소임을 맡게 되었다고 한다.

095 ··
천자의 집안에 태어난 것이 잘못

* 南北朝

동진(東晉)은 서기 420년 공제(恭帝)의 대에 망했다. 서진(西晉)부터 통산해서 150년 남짓하다. 반란 제압에 공이 있는 무장 유유(劉裕)가 양위할 것을 협박하여 공제는 양위하였음에도 불구하고 그에게 피살되고 말았다. 유유는 이렇게 하여 송(宋) 왕조를 세웠다.

이와 전후하여 중국 북부에서는 북위(北魏)에 의한 통일이 추진되고 있었다. 두 개의 왕조가 남북으로 대립하는 데에서 그 이후의 약 170년 동안을 남북조(南北朝)시대라고도 한다.

남조(南朝)는 송(宋)—제(齊)—양(梁)—진(陳)으로 이어지고 북조는 북위(北魏)가 분열하여 하나는 서위(西魏)—북주(北周)로 또 하나는 동위(東魏)—북제(北齊)로 이어졌다가 곧 수(隨)에 의해서 통일을 보게 된다.

위와 같이 격렬한 정권교체의 고비마다 비극이 되풀이되어 갔다. 8대 59년으로 멸망한 송(宋)의 말로도 그러했다.

송 왕조의 후반은 골육상잔이 계속되었다. 그 때문에 즉위한 순제(順帝)는 "목숨만은 살려 달라."고 애원하였지만 "당신의 선조가 동진(東晉)을 멸망시킬 때도 똑같은 일을

했다구요." 하면서 대답하는 것이었다.

이때 순제는 울면서 "미래영겁으로 천자(天子)의 집안에 서는 태어나지를 말아야지." 하고 통탄했다는 것이다.

결백이 죄였다는 굴원(屈原)

* 賈生列傳

정치가이며 시인으로서도 유명한 굴원(屈原)은 초(楚)나
라에서 존경받던 인물이었지만 동료의 시기로 비극의 주
인공이 되었다.

당시의 초왕 항양왕(項襄王)은 모함 소리에 속아서 굴원
을 강남(江南)으로 추방해 버렸다. 청렴결백한 굴원은 억
울해서 머리를 풀어헤치고 강변을 헤매고 있었는데 얼굴
은 초췌하고 몸은 수척하여 뼈만 앙상했다. 마침 지나가던
어부가 굴원을 알아보고 말을 걸었다. 굴원은 이에 답하여
"온 세상이 혼탁한데 나만이 깨끗하다. 모두가 취해 있는
데 나만이 깨어 있다."

"온 세상이 혼탁한데 왜 당신 혼자서만 깨끗했는가? 모두
가 취해 있다면 어째서 당신도 술을 마시고 취하지 않았습
니까?" 어부가 말하는 것이었다.

"그럴 수는 없지요. 이 몸을 더럽힐 정도라면 차라리 호
수에 몸을 던져서 고기밥이 되는 것이 더 나을 것입니다."

이렇게 해서 명작(名作) '이소(離騷)'를 지은 다음에 주
머니 속에 돌을 채워 넣고는 일라라는 호수에 몸을 던져서
빠져 죽고 말았다는 것이다.

097 ··
사슴을 말이라고 대답

* 秦

시황제(始皇帝)가 죽었을 때 환관(宦官)인 조고(趙高)는 승상(丞相)인 이사(李斯)와 공모하여서 유칙(遺勅)을 위조하여 본래의 후계자인 장자(長子) 부소(扶蘇)를 폐하고 말자(末子)인 호해(胡亥)를 황제로 즉위시켰다. 이 사람이 바로 이세황제(二世皇帝)이다.

그 후 조고는 간계를 꾸며서 우선 그는 사슴 한 마리를 이세황제에게 바치면서 "이것은 좋은 말이옵니다." 하고 말하였다. 황제는 웃으면서 "아니. 이건 말이 아니냐? 그렇지 말이 맞지?" 하고 좌우에 있는 신하들에게 묻는 것이었다. 신하들 가운데에는 "그건 사슴이옵니다." 하는 자도 있었고 조고의 눈치를 살피면서 "아니. 말이옵니다." 하는 자도 있었다. 또 어떤 자는 아무 대답도 하지 않고 침묵했었다.

조고는 사슴이라고 바른 말을 한 자에게는 터무니없는 죄를 씌어서 처벌하였다. 그로부터는 조고에게 거역하는 자가 없게 되어 황제는 허수아비에 불과한 존재가 되어버리고 진(秦)은 결국 멸망의 길로 치닫게 되었던 것이다.

098 ··
모르는 것이 좋다

* 宋

　여몽정(呂蒙正)은 송(宋)의 2대째 태종(太宗)을 모시던
젊은 관료의 선두 주자로서 33세에 진사(進士)가 되어서
불과 10년 만인 44세에 재상(宰相)으로 등용되었지만 결코
잘난 체하지 않는 대범한 성품의 인물이었다.

　이례적인 출세에 대한 시기나 질투를 피하기 위한 처세술
인지 타고난 성격 탓인지 소위 거물의 대표적인 인물로서
이름을 남기고 있다.

　그가 참정(參政)으로 등용되어서 처음 등청했을 때의 일
이다.

　발의 저쪽 편에서 들어 보라는 듯이 "저따위가 참정이라
니……." 하면서 비웃는 자가 있었다. 여몽정은 못들은 체
하고 지나쳐 버렸지만 분개한 동료가 발 안으로 들어가서
그렇게 말한 사람의 관성명을 알아보려고 하자 여몽정은
그것을 말리면서 "그 사람의 성명을 알아내는 순간부터 평
생을 두고 그 사람을 잊지 못하게 될 터이니 차라리 모르고
지내는 것이 더 좋네. 그것을 알아내지 못했다고 해서 내가
손해볼 것도 없지 않은가?" 하고 말하더라는 것이다.

　'모르는 것이 좋다'는 이 명언(名言)은 우리말에도 '모르

는 게 약 이라는 말도 있지만 이 말은 정보(情報) 과잉 시
대에 도움이 되는 말이기는 하다. 정보를 너무 추구하다가
그 선택에 곤란을 느끼게 되거나 자주성을 잃게 될 경우에
경계가 되지는 않을까.

* 日者列傳

한(漢)의 가의(賈誼)는 문제(文帝)에게 재능을 인정받아서 20대에 박사(博士)가 된 인물이었다. 그러나 너무 빠른 출세도 때로는 장애가 되기도 하는 것이었다. 그건 우선 저 자신에게 문제가 있는 것이었다.

가의는 어느 날 거리의 점쟁이에게 "당신은 학식도 상당히 높은 것 같은데 어째서 이런 일을 하고 있나요?" 하고 업신여기는 듯한 말투로 물었다.

그 사람은 그 당시 유명힌 사마계주(司馬季主)였는데 그는 웃으면서 "무슨 말을 하는 거요. 일에 귀천이 있단 말이요?" 하는 것이었다.

"세상에서는 고위고록(高位高祿)한 사람을 귀인(貴人)이라고 합니다. 사실 그런 사람이 현인(賢人)이올시다. 그런데 당신은 무의무관이니 그렇게 말했을 뿐이오." 이렇게 생각하는 젊은이는 지금도 흔히 볼 수가 있다.

그 후 가의는 결국 제후(諸侯)들의 미움을 사서 장사(長沙)로 쫓겨가게 되고 말았던 것이다.

나중엔 양(梁)의 회왕(懷王)의 교육담당관이 되기는 하였지만 이미 운명의 톱니바퀴는 어긋 돌고 있었다. 회왕이 그만 말에서 떨어져서 죽었기 때문이다. 가의는 그 책임을 통감하고 고민하다가 젊은 나이에 요절하고 말았는데 이것은 영화를 쫓다가 역으로 목숨을 재촉한 케이스라 하겠다.

'무화절근(務華絶根)……'

100··

양귀비(楊貴妃)의 죽음

* 唐

중국의 서안시(西安市)에서 서쪽으로 약 50킬로미터 지점에 마외파(馬嵬坡)라는 시골마을이 있고 그 근처의 길가에 당현종(唐玄宗)의 총비였던 양귀비(楊貴妃)의 묘가 있다.

서기 755년에 지방의 군사령관이던 안록산(安綠山)이 반란을 일으켜서 낙양(洛陽)과 장안(長安)을 연이어 점령하였다. 현종(玄宗)은 탈출하여 사천(四川)으로 향하였지만 호위부대의 장병들이 굶주리고 지친 나머지 불만을 품고 양귀비와 그녀의 친척으로서 재상인 양국충(楊國忠)에게 그 불평이 집중되었다.

본래 안록산의 반란은 양귀비와의 연줄로 출세한 양국충과의 대립이 원인이었다. 이렇게 고생하게 된 것은 양씨 일족들 때문이라고 서울을 탈출한 다음날부터 이 마외파에 당도하였을 때에 병사들은 양국충을 죽인 다음에 양귀비도 죽여야 한다고 요구하여 왔다.

현종은 할 수 없이 측근의 환관 고력사(高力士)에게 명령해서 양귀비를 목졸라 죽이게 하였다. 그때 그녀는 38세의 한창 때였다. 이런 일이 있은 다음에야 병사들은 겨우 진정되어서 다시 출발하게 되었다.

　다음해 반란이 진압됨으로써 현종은 사천서 돌아와서 귀비의 묘를 만들어 주었다. 그녀가 동정을 받게 된 것은 이 불쌍한 최후와 더불어 그녀는 여후(呂后)나 측천무후(則天武后) 등과는 달리 그녀 자신이 정치적 야욕을 갖지 않았기 때문이었을 것이라고 한다.

101 ··
후계자를 위한 배려

*唐

　당(唐)의 태종(太宗)은 병에 걸려서 최후가 임박하자 태
자(太子)를 머리맡에 불러 앉혀놓고는 이렇게 말하였다는
것이다.

　"이세적(李世勣)이란 인물은 재능과 지혜가 뛰어난 우수
한 인물이기는 하지만 너와는 인연이 별로 깊지 못하다. 그
래서 나는 지금 이 사람을 지방으로 좌천을 시켜놓을 터이
니 내가 죽고 나거든 네가 불러들여서 재상으로 등용하도
록 하여라. 그러나 내 발령에 불만을 품고 어물거리면서 부
임을 빨리 하지 않거든 당장에 잡아다 죽여버려라."

　이세적은 그때 지방총독으로 좌천이 되었지만 발령을 받
자 집에도 들르지 않고 그 길로 즉시 임지로 출발하였다고
한다.

- 秦
- 殷
- 周
- 隨
- 唐
- 周
- 夏
- 宋
- 三國
- 東晉
- 西晉
- 前漢
- 後漢
- 南北朝
- 三皇五帝
- 田單列記
- 項羽本紀
- 張儀列傳
- 刺客列傳
- 貨殖列傳
- 李斯列傳
- 賈生列傳

- 日者列傳
- 商君列傳
- 陳涉世家
- 留候世家
- 滑稽列傳
- 會陰候列傳
- 呂不韋列傳
- 李將軍列傳
- 淮陰候列傳
- 春秋戰國‧衛
- 春秋戰國‧趙
- 春秋戰國‧韓
- 春秋戰國‧燕
- 春秋戰國‧吳
- 春秋戰國‧宋
- 春秋戰國‧吳
- 袁盎晁錯列傳
- 廉頗藺相如列傳
- 衛將軍驃騎列傳
- 平原君虞卿列傳
- 長釋之馮唐列傳
- '文選' 報任少卿書